Relatos diplomáticos
(Apuntes imaginarios desde San Carlos)

Dixon Acosta Medellín

"A las puertas...y ventanas de San Carlos". Dibujo de Dixon Acosta Medellín.

Primera Edición

ISBN-10: 1-940856-36-1

ISBN-13: 978-1-940856-36-0

Library of Congress Control Number: 2018954813

A Carmen Patricia, por supuesto. Lo mejor que pudo pasarme en el Ministerio de Relaciones Exteriores y en la vida.

A los amigos, compañeros y funcionarios con quienes he compartido en mis diferentes vidas tanto en el servicio exterior como en San Carlos (nuestra segunda casa en Bogotá).

"El hielo de mis años se reanima con tus bondades y gracias. Tu amor da una vida que está expirando. Yo no puedo estar sin ti, no puedo privarme voluntariamente de mi Manuela. No tengo tanta fuerza como tú para no verte apenas basta una inmensa distancia. Te veo aunque lejos de ti. Ven, ven, ven, luego. Tuyo del alma."

Bolívar

(Texto de la carta enviada por el Libertador Simón Bolívar a Manuela Sáenz en noviembre de 1827, quien al recibirla, partió de inmediato para Bogotá, en donde vivirían su corta e intensa historia de amor, entre otros lugares en el Palacio de San Carlos, sede presidencial de Colombia en aquella época, en donde incluso Manuela le salvaría la vida a Bolívar, durante un intento de magnicidio, cuando ella lo instó a saltar por una ventana de la actual sede de la Cancillería colombiana, que los transeúntes pueden observar al caminar por la calle décima, llamada también Calle de San Carlos).

¿LOS DIPLOMÁTICOS PUEDEN ESCRIBIR?
(A manera de prólogo)

Hace algún tiempo, una revista cultural en Colombia se hacía esa pregunta. Ignoro las circunstancias que generaron tal interrogante, pero confieso que me sorprendió la formulación misma, pues en diversos momentos de la historia, ilustres nombres han dado la respuesta positiva. *Aunque puede que alguien me diga, que no vale si se mencionan escritores que han gozado de las mieles y sufrido con las hieles de la diplomacia (que las hay de las unas y de las otras).*

Es claro que un diplomático puede ser escritor y viceversa, un escritor puede fungir (no necesariamente fingir) como diplomático, pues son actividades que se complementan y nutren mutuamente. Quizás algunos sectores, ajenos o cercanos al servicio exterior, consideren que un diplomático (sobre todo si es de carrera), no tiene derecho a pensar, sólo a ser un simple tomador de notas y dictados, cuyos únicos escritos deben ser fríos informes, ayudas memoria, memorandos y solicitudes de vacaciones. Un sujeto que sólo puede escribir cuando esté pensionado y publique sus "memorias", en caso de que alguna editorial se interese por los recuerdos de un testigo pasivo.

Un diplomático en servicio activo difícilmente puede escribir sobre temas de política exterior o relaciones internacionales, pues su criterio puede confundirse con la posición oficial de su gobierno, si lo hace, debería contar con autorización de sus jefes inmediatos y con la recomendación de aclarar que sus ideas sólo son responsabilidad suya. Pero resultaría absurdo, silenciar a un diplomático que escribe sobre temas culturales, históricos o de interés general, pues son materias que para nada se involucran con su trabajo oficial. Incluso, en un medio como el nuestro, en donde es tanta la ignorancia sobre el tema internacional y las relaciones exteriores, no sería despreciable el conocimiento y experiencia de aquellos que lo manejan diariamente.

Ahora bien, ¿puede un diplomático escribir literatura? Eso ya es otra cuestión y dependerá de la vocación individual del *funcionario. Como veremos, no solo se trata de los autores que han sido designados en cargos en el servicio exterior, bien como reconocimiento a la gloria que le han dado a sus países desde la literatura o como forma de estímulo para que los creadores pudieran desarrollar su vocación con holgura, como el caso del gran Rubén Darío, que curiosamente fue nombrado cónsul de Colombia en Buenos Aires o del trágico poeta bogotano José Asunción Silva quien estuvo en Caracas en la Legación de Colombia, como se denominaba antiguamente a una misión diplomática de rango inferior a una Embajada.*

Aunque debe recordarse cómo Pablo Neruda, no solo aprovechó la experiencia diplomática para continuar su trabajo poético, sino que se le recuerda con gratitud por su labor de asistencia a refugiados españoles. De hecho, la poesía es quizás el género literario que nos ha dejado más autores diplomáticos, encontrando varios premios Nobel como Gabriela Mistral, el citado Neruda, Miguel Ángel Asturias, Octavio Paz, para mencionar solo a los latinoamericanos.

Me interesa destacar a diplomáticos profesionales que cuentan con la inclinación literaria. Uno de los más conocidos fue el de Vinicius de Moraes, quien desarrolló en paralelo la carrera diplomática con su faceta de poeta, compositor y promotor del movimiento musical de la Bossa Nova en Brasil. En el caso de Moraes, obtuvo tanta celebridad por su desempeño artístico que se granjeó envidias y enemistades que provocaron su salida, en una purga adelantada en el Ministerio de Relaciones Exteriores. Años después de su muerte y como desagravio histórico, Vinicius de Moraes fue promovido al rango de embajador.

Sea el momento de recordar varios autores que aparecen en la base de cualquier selección literaria-diplomática, me refiero a Giovanni Boccaccio, Geoffrey Chaucer y Nicolás Maquiavelo, posiblemente de los primeros escritores que tuvieron misiones diplomáticas oficiales. Chaucer (1343 – 1400) considerado el padre de la literatura inglesa y el primer vate enterrado en la llamada Esquina de los Poetas de la Abadía de Westminster. Dos poetas conocidos universalmente por sus cuentos, Chaucer por sus

Cuentos de Canterbury y Boccacio por El Decamerón. Chaucer tuvo una extensa carrera como servidor público y habría viajado a España, Francia e Italia en misiones diplomáticas.

El humanista Giovanni Boccaccio (1313 – 1375), uno de los símbolos del Renacimiento, estudió leyes, paralelo a estudios literarios. Posterior a la escritura de El Decamerón, y otros importantes trabajos, Boccaccio representó a la República de Florencia en misiones diplomáticas ante otras ciudades Estado como Venecia y Nápoles. Es bastante probable que Boccaccio y Chaucer se hubieran conocido, de hecho, se dice que Chaucer para su obra cumbre se inspiró precisamente en el trabajo de Boccaccio.

Otro diplomático profesional, aunque en su época no existiera dicho concepto, quien gozó de éxito en el mundo de las letras, perdurando en el transcurso de los siglos fue Nicolás Maquiavelo (1469 – 1527), quien antes de refugiarse en la escritura, fue comisionado en varias misiones diplomáticas por la República de Florencia.

Todo esto no es casual, porque la diplomacia moderna tiene su origen en el Renacimiento, en el territorio que hoy es Italia, donde durante los siglos XIV al XV, se consolidaron las ciudades Estado. En las más representativas fue donde nacieron y se desarrollaron una serie de instituciones y mecanismos que aún perduran, características de la diplomacia contemporánea, tales como los primeros ministerios u oficinas de relaciones exteriores, embajadores permanentes en los otros Estados, conceptos como la extraterritorialidad de las sedes diplomáticas e incluso normas de protocolo, privilegios e inmunidades. La diplomacia fue otra hija del Renacimiento.

En este apartado, vale la pena destacar aquellos poetas que ingresaron al servicio exterior de sus países y se desempeñaron como diplomáticos de carrera en la era contemporánea. Saint-John Perse, cuyo nombre real era Alexis Leger, nacido en la isla de Guadalupe, trasladado a París se unió al servicio diplomático francés, teniendo diversos cargos en España, Alemania, el Reino

Unido y China. Llegó a ser Secretario General del Ministerio de Asuntos Exteriores francés. Comenzó a publicar con el pseudónimo de Saint-John Perse, porque no era bien visto que un diplomático escribiera ficción. Recibió el premio Nobel de literatura en 1960.

Otro caso destacado es el del yugoslavo Ivo Andrić quien trabajó en el Ministerio de Relaciones Exteriores del extinto país balcánico prestando servicios en diferentes destinos, en 1961 recibió el premio Nobel de Literatura.

En España hay en la actualidad una generación muy interesante de diplomáticos de carrera que también ejercen la literatura, son varios y debo mencionar al único que conozco personalmente, Federico Palomera Güez, quien combina la seriedad de su profesión y el buen humor de su carácter que trasluce en sus cuentos. En fin, hay muchos más casos en el pasado y presente de autores diplomáticos, pero no quiero extenderme demasiado.

En mi caso, dejo a consideración del amable lector, una colección de relatos de diversa índole que van desde lo fantástico, la anécdota, la ucronía, el cuento breve o brevísimo hasta la ciencia-ficción, pero todos relacionados con el quehacer de los diplomáticos. Se trata pues de mi particular manera de reunir dos grandes pasiones, la literatura y la profesión a la que le he dedicado más de veinte años, luego de pasar el concurso de méritos que anualmente organiza la Academia Diplomática (antes llamada de San Carlos, hoy denominada Augusto Ramírez Ocampo).

El editor Miguel López Lemus me indaga por el hilo conector de estos relatos inconexos que tienen en común directa o indirectamente el quehacer diplomático. Al releerlos, he tratado de ubicar ese hilo que quizás sea delicado, tenue o difícil de enhebrar. Me doy cuenta, estos relatos imaginarios, están ubicados en los tres tiempos en que solemos transitar en la existencia; para este caso, un pasado imaginado, un presente incierto y un futuro intuido. Estos tres tiempos permiten jugar con una denominación habitual en la diplomacia la de la "carta credencial" que es la acreditación oficial de un embajador en el país receptor por parte del jefe de Estado del país que lo envía. En este orden de ideas, presentamos unas cartas credenciales que dividen el presente libro en tres secciones, en tres tiempos, en el caso del futuro se adivinará la influencia de la ciencia-ficción, género que profeso.

Debo agradecer especialmente a mi esposa Patricia, a quien le robé muchas horas en la madrugada, el único espacio que pude encontrar para escribir. De igual forma, un reconocimiento a la editorial Pandora Lobo Estepario Productions por considerar que este es un texto digno de ser publicado. Sea el momento para saludar a todos los amigos, colegas, compañeros y funcionarios, no solo de carrera diplomática, sino de las diversas formas de vinculación con la Cancillería, con quienes he compartido durante estos años.

Al amable lector, un agradecimiento especial por invertir su tiempo en esta lectura, que ojalá le resulte una buena excusa para no hacer otra actividad, quizás más productiva. Bienvenido.

Dixon Acosta Medellín (conocido en Cancillería con su nombre de pila, Dixon Orlando Moya Acosta).

CARTAS CREDENCIALES DE UN PASADO IMAGINADO

LA OFICINA DE LAS MALAS NOTICIAS

En la Academia Diplomática de San Carlos, aprendí sobre el *Pacta Sunt Servanda* y muchos otros principios que sustentan el orden internacional, esa burbuja que nadie puede determinar exactamente, en cuanto a sus propiedades físicas, pero todos esperan que nunca estalle. Lo que no me enseñaron en la escuela diplomática, fue la mejor manera de comunicar malas noticias. Al finalizar la Academia, como en cualquier institución de saberes y sentires, uno descubría que la realidad dista de los textos, mucho más de los cinco centímetros de espesor del volumen de teoría clásica del profesor Hans Morgenthau.

Al igual que la mayoría de mis compañeros, aspirantes a diplomáticos, yo vestía como consideraba sería nuestra indumentaria en el mundo de las relaciones internacionales. Trajes de paño y corbata en el caso de los hombres, sastres de colores conservadores en el caso de las mujeres. Por mi parte, repetía vestido, aunque siempre cambiaba la corbata, ese aditamento largo y flexible, único signo de frivolidad masculina. Conocía un sitio en el centro de Bogotá, que importaba unas corbatas chinas de contrabando, a buen precio la docena. Si se tenía buen gusto para escogerlas, se alcanzaba el objetivo, aparentar lo que no se era, presumir lo que no se tenía. Intentaba hasta donde fuera posible, no desgastar demasiado el tacón de los zapatos, sabía que ese era el signo indudable de la pobreza.

El grupo de estudiantes era una heterogénea reunión de profesionales de diversas disciplinas. Con el correr de los días, fue evidente que en contra de los pronósticos, quienes provenían de las ciencias exactas como los ingenieros e incluso médicos, tomaban algo de ventaja en los puntajes. Posiblemente era su tendencia a la organización, a la disciplina o tal vez su mejor propensión a cumplir con las instrucciones, buenos operarios. Al final se vería, que la diplomacia no es sólo ciencia, es también arte, una mezcla en proporciones adecuadas de conocimientos y habilidades personales, por eso la mayoría de los científicos exactos, fueron desapareciendo del curso. La diplomacia, se trata de un oficio, con un talento especial. Paradójicamente, el único profesional en relaciones internacionales, hijo de un exdiplomático y políglota comprobado, sólo pudo demostrar que una persona puede decir las mismas barbaridades en diferentes idiomas.

En ocasiones, luego de terminar las clases me dirigía al antiguo edifico de la Cancillería, el mismo que en nuestra afición nacional por lo aristocrático, terminó siendo bautizado como Palacio, aunque fuera una representativa casa republicana. Se trata de una costumbre muy bogotana, hay muchos palacios, desde el presidencial hasta el de los deportes, incluyendo el palacio del colesterol. Me paseaba por los corredores, familiarizándome con las oficinas, con los funcionarios que se reunían espontáneamente a compartir los últimos chismes, en rito inveterado que recibe el adecuado nombre de "radio pasillo". Al mismo tiempo, me sentía parte de la historia y la frivolidad, de lo sublime y lo fatuo.

Mi pretexto para recorrer la Cancillería era acudir a la biblioteca, en búsqueda del artículo imprescindible, aquel que me daría la clave para preparar la exposición oral, con su columna vertebral, la frase plan. La frase plan, era un invento de la sabiduría francesa, muy adecuado para el universo diplomático, pues permitía no quedar mal con nadie. Sin embargo, aquella fórmula tan pertinente en lo académico, nunca me sirvió para anunciar malas nuevas. Los franceses tampoco me salvaron del destino de triste pregonero.

Al ingresar al edificio, escogía la puerta principal. A pesar de ser la trayectoria más larga para llegar a la biblioteca, me gustaba caminar sobre la alfombra de color vino tinto, mientras la vieja madera protestaba con su tono crujiente. Era un fetiche ambulante, pensaba que repetía los mismos pasos de Bolívar, quien cada noche buscaba la ruta de su habitación para reunirse con Manuelita y olvidar todos los problemas de la Gran Colombia, en los brazos de su amada. Pero no sólo era el sueño de la grandeza pasada, sino el anhelo futuro, unirme al selecto y privilegiado grupo de los diplomáticos. Esa tribu nómada y sofisticada, que anda por el mundo, sembrando amistades y cosechando olvidos.

Al final, fuimos designados en el orden de las calificaciones. En mi caso, fui el quinto o sexto de un grupo de catorce, lo cual me dejaba satisfecho, considerando mi tendencia a enfermarme, por el frío bogotano, además del terror escénico de las exposiciones orales, que afectaron en cierta forma mi desempeño. Para saber el destino inicial en Cancillería, el nuevo burócrata debía presentarse en la Dirección de Desarrollo del Talento Humano, extenso y amable nombre para designar la oficina de Personal. Esa dependencia tenía un distintivo, era un inmenso espacio, sin cubículos individuales, donde todos los funcionarios estaban a la vista de los demás, por lo cual, constantemente la actividad y el ruido marcaban su trasegar. Sólo una puerta cerrada al final, la oficina del director de turno, funcionario que debía tener la capacidad de evitar llamadas o visitas de políticos e intrigantes, buscando ubicar un familiar o un amigo en desgracia. En mi caso, no me atendió el director, una amable secretaria buscó en un archivo, y luego me entregó un memorando, el primero de una multitud, en donde me informaban mi cargo.

Comencé a trabajar en una Subsecretaría recién instaurada, que en el organigrama del Ministerio, aparecía con un nombre kilométrico, que nadie podía recordar con exactitud, el cual se sintetizaba en Asistencia para los compatriotas en el exterior, pero que pronto en los pasillos de Cancillería comenzó a ser identificada como la oficina de las malas noticias, porque buena parte del trabajo de quienes laborábamos allí, consistía en llamar a los familiares de detenidos, enfermos, heridos o muertos en otros países, gracias a los reportes lamentables que llegaban en oficios urgentes desde nuestros consulados en el extranjero.

La mayoría de mis colegas diplomáticos, no deseaban trabajar en la sección consular, menos en asistencia y utilizaban toda clase de justificaciones para eludir esa responsabilidad. Algunos detestaban la idea de atender público, pensaban que no era digno de un diplomático en potencia, no se reconocían como servidores públicos, por el contrario, imbuidos de cierto espíritu superior, pensaban como algunos políticos, que ellos no estaban para servir sino para ser servidos. Otros argumentaban su gran inteligencia y condiciones temáticas, cualidades abstractas que en su opinión, los hacía más útiles en la conducción de la política exterior, que atendiendo los problemas de miserables y desgraciados. Eran argumentos que por mi parte, no compartía o difícilmente podía defender. La única razón para rechazar ese particular sitio de trabajo, fue algo que pronto descubrí, la gente termina odiando a quienes les transmiten esas malas nuevas, como cuando llega el cartero y nos entrega una notificación de desalojo, embargo, desahucio, un examen médico que resultó positivo sobre un mal negativo. Por alguna extraña razón, aborrecemos al mensajero, no tanto al mensaje.

Sabía que la gente me odiaría, porque cada vez que llegaba un oficio urgente de un consulado en la antípoda del mundo, pidiendo que localizáramos a la familia de fulanito para notificarlos de su desgracia, terminaba detestando al cónsul que firmaba la nota. Fue muy difícil durante los primeros días, al comienzo, hubo noticias que no sabía cómo transmitir, me temblaba la voz y sufría con la reacción de la gente al otro lado del teléfono. No podía dormir bien, incluso bajo la ducha ensayaba la mejor manera, la menos dolorosa de transmitir la noticia. Pero como suele suceder con los profesionales que lidian con las tragedias ajenas, como los médicos y abogados, fui adoptando una actitud de higiene mental, de consideración consigo mismo. Un día reconocí que no eran mis problemas, no podía responsabilizarme por los demás, no tenía el poder de resolver sus desgracias. Los muertos, desaparecidos, lisiados o detenidos, eran los únicos responsables de sus actos, al tomar la necia decisión de irse del país. Ni siquiera en la hora de su mala fortuna, eran considerados con quienes afrontábamos los problemas aquí. Me revestí de todas las justificaciones posibles, para continuar con esa triste tarea.

Ella llegó al otro día de mi llamada. Habría pasado por una diplomática consumada, una ejecutiva elegante y distinguida. Espigada, de tez blanca y cabello negro intenso, casi azul, de esos que uno piensa que no existen, sólo en los comerciales de champú que muestran en la televisión, el vestido oscuro iba con su físico, luego comprendería que también combinaba con su alma. Era secretaria de una firma constructora muy reconocida y estudiante de Derecho en una universidad nocturna. Aquel día, había pedido la tarde libre en su empleo, argumentando un examen médico, esperaba que nadie supiera en su trabajo, la noticia de la muerte de su hermano menor, al estallarse una cápsula llena de heroína, de las quince que llevaba en su estómago, en el aeropuerto de Barajas en Madrid. Ella quería saber los detalles, intenté complacerla, aunque las comunicaciones eran muy escuetas, me sentí intimidado, evitaba verla a sus ojos negros, mientras explicaba los pormenores del caso. Traté de tomar el control de la conversación, pregunté si algún familiar, estaba enterado del viaje del fallecido. Tanto ella como su mamá, creían que el joven había viajado a la costa, pues les había contado días atrás, muy emocionado, sobre la posibilidad de trabajar en un hotel. El muchacho había estudiado hotelería y turismo, era bilingüe, tenía muchos talentos y sueños, pero no había tenido suerte ni oportunidades en la vida. Era una buena persona, la mejor. Ese argumento, lo había escuchado demasiadas veces, pero en esta oportunidad lo creí al pie de la letra.

Con aquel caso me consagré. Saqué a relucir toda mi capacidad de inventiva, de esfuerzo. Aunque el Estado no está en capacidad de financiar los traslados de los restos de los compatriotas fallecidos en el exterior, el cónsul en Madrid logró que luego de los exámenes de rigor de Medicina Forense, el cadáver fuera incinerado, de manera gratuita, al mismo tiempo, conseguí que *Avianca* transportara las cenizas, sin cobrar nada. Así un jueves en la noche, regresaron los restos cenicientos, en una bolsa especial, que una azafata entregó, luego de llenar algunos documentos en aduana. Acompañé a la hermana adolorida pero resignada, al recibir ese polvo blancuzco en el cual terminó reducido el joven aventurero. Nunca antes había visto cenizas humanas, no sé por qué pensaba que eran negras, como el papel quemado, no, eran grises de tono claro. Ese era nuestro destino, al cual se referían los sacerdotes los días miércoles, finalizados los libidinosos carnavales en febrero.

A pesar de todo, o gracias a ello, nos enamoramos. Salimos cada día. Yo fui su paño de lágrimas, pero también causa de sus risas. En ocasiones me preguntaba si esta prematura relación era justificable desde el punto de vista ético, si acaso yo no estaba tomando ventaja de la situación, si alguno de los dos manipulaba al otro. No era algo fácil. Los mejores momentos, era cuando nos apartábamos del tema que propició nuestro encuentro y hablábamos de nuestros sueños, ella decía que admiraba y en cierta forma envidiaba mi trabajo, le parecía fascinante la diplomacia y tener la oportunidad de viajar y conocer otros pueblos y culturas, aprender otras lenguas y costumbres. En ocasiones yo fanfarroneaba, pues todavía ignoraba lo que significaba ser diplomático en esencia, pero en otros momentos, cuando tomábamos café o cerveza en un sitio bohemio del centro, le compartía sobre mi vocación literaria, la cual aspiraba a consolidar y fundamentar con la experiencia en el servicio exterior.

Un escritor debe viajar mucho, le decía, necesita aprender sobre los más diversos temas, para enriquecer sus palabras, los ejemplos abundaban, incluso en nuestra América Latina, tan proclive a nombrar como diplomáticos a políticos decadentes o arribistas en potencia. Rubén Darío ó Neruda, afinaron sus plumas, gracias a la oportunidad de la vida consular. Incluso el desdichado Silva escribió sus mejores páginas, en los tiempos libres que su cargo en la Legación de Colombia en Caracas, le proporcionaba, pero la mala suerte de José Asunción intervino y aquellos textos naufragaron en el barco que le traía de regreso al país. Afortunadamente ahora uno navega en Internet y lo peor que puede suceder es no sacar una copia de seguridad u olvidar registrar la obra en la oficina de derechos de autor.

Ella se interesaba en mi conversación, preguntaba sobre mis géneros favoritos, si tenía alguna prisa en publicar. Ninguna, le respondía, cuando fui más joven tal vez, uno anhela verse en letras de molde, pero entendí que corría el riesgo de arrepentirme con la palabra inadecuada, la frase desperdiciada, el lugar común en donde me sepultaría sin remedio. Además, no era la época para mi estilo. Ella preguntaba, el motivo. Porque ahora están de moda los escritores de estilo cinematográfico, que combinan la onomatopeya, con la imagen, el diálogo rápido, remedo del *Batman* de la televisión, *bang, splash, crash, cataplán*.

Los jóvenes escritores que no escriben para ser leídos, sino que sueñan con ver sus libros convertidos en guiones para cine, o quizás sus libros eran argumentos cinematográficos o televisivos que luego transformaron en novelas y cuentos. Yo aspiraba que terminara esa tendencia, aunque las modas en literatura tomen cincuenta o cien años. Mientras tanto seguía llenando cuartillas, que luego transcribía en mi viejo computador, sacando eso sí, varias copias de seguridad.
A ella parecía agradarle mi insulsa charla, incluso cuando la

noticia de su hermano parecía una triste anécdota lejana. Sin embargo, una noche al vernos en el sitio acostumbrado y cuando yo tenía lista la propuesta que nunca pensé hacer, ella se adelantó, quizás adivinando mis intenciones y fue tan directa como siempre. Yo, indudablemente le atraía, incluso fantaseaba con la posibilidad de una vida futura, llena de viajes y sorpresas, pero debía ser totalmente sincera, jamás podría amarme, por una simple razón, cada vez que escuchaba mi voz, recordaba la primera vez, rememoraba el tono del funcionario insensible y cortante, quien le comunicó sin atenuantes la peor noticia de su vida, la muerte de quien más había amado, del ser más querido. Me agradeció por los buenos momentos y se marchó sin despedidas, batiendo su pelo lacio, dibujando una estela azul oscura en su espalda. Al día siguiente, me dirigí a la Dirección del Talento Humano y pedí, casi rogando, que me trasladaran de aquella oficina, pues ya no soportaba tantas malas noticias.

TRIBULACIONES DE UN HOMBRE LLAMADO PROTOCOLO

La siguiente narración a pesar de que aparece escrita, realmente es producto de la tradición oral que nos acompaña desde tiempos inmemoriales. Alguna vez se la escuché a un colega, que gustaba de exagerar sus anécdotas personales, quien tenía fama y espíritu de cuentero o fabulista. Una especie de juglar moderno, sobre cuyas historias es difícil determinar, cuánto tienen de real y cuánto de ficción.

No puedo asegurar que esta historia ocurrió tal como aparece en el presente texto, pero puedo garantizar que es muy divertida. Aparece además con las distorsiones propias del tiempo y la interpretación ajena, pues en este caso sólo cumplo una función de amanuense, un secretario que ha tomado atenta nota de una anécdota que la convierte en relato imaginario. Los nombres de los protagonistas se omiten, especialmente el del colega, para protegerlo en caso de que esto no fuera más que fruto de su imaginación, o peor aún, que fuera verdad. Lo que no se omite es el encantador sitio en donde supuestamente ocurrieron los hechos, Cartagena de Indias, Colombia.

El protagonista de nuestra historia es funcionario de la carrera diplomática y consular de Colombia y extrañamente es un apasionado del área de protocolo, ese departamento en donde los detalles y la forma cobran tanta importancia como los temas de fondo, porque igual pueden decidir el éxito o fracaso de un evento. A este hombre que identificaremos simplemente como *Protocolo* (ya sabrán el por qué) y quien para la época tenía el rango de Primer Secretario, un día le

11

asignaron una tarea de las más extrañas de sus años de servicio, lo que al principio parecía más una invitación al descanso.

En efecto, luego de haber tenido que organizar una reunión multilateral, el jefe inmediato del servidor público le dijo que como compensación por el esfuerzo le encargaría un tema fácil. Resulta que un presidente latinoamericano recién electo, había decidido pasar unas jornadas de retiro espiritual y trabajo previo con algunos de sus ministros en Cartagena y nuestro presidente quería darle todas las facilidades (para evitar confusiones, esto supuestamente ocurrió hace más de veinte años), pero como no se trataba de una visita oficial, no habría ningún representante del Gobierno, excepto él y los oficiales de seguridad, incluso si deseaba podía irse a la playa o a recorrer la ciudad, sólo debía tener el celular encendido todo el tiempo, por si algo se presentaba.

Nuestro protagonista viajó a Cartagena llevando su pantaloneta de baño (también portaba el vestido de paño y corbata, para la recepción y despedida del ilustre visitante) y bloqueador solar, así como la información del Hotel donde se hospedaría el Presidente y su delegación durante tres días, un precioso lugar que había sido monasterio en otras épocas, uno de los edificios más antiguos de la ciudad, restaurado y acondicionado como hotel cinco estrellas, donde todo estaba listo para recibir al mandatario. Al llegar el Presidente extranjero, el Primer Secretario se presentó a puerta del avión, identificándose y dándole la bienvenida en nombre del gobierno y pueblo de Colombia como funcionario de la Dirección de Protocolo, algo pomposo que quizás al mandatario le pareció exagerado, pues de manera tajante le dijo que a él, el protocolo lo tenía sin cuidado.

El funcionario, acostumbrado a desplantes y expresiones irrespetuosas mordió su lengua para no responder y como si no hubiera sido con él, lo condujo a su sitio de hospedaje. Debe decirse que al Presidente le acompañaban varios de sus ministros con sus cónyuges, su esposa e hija, una jovencita algo engreída y a todas las luces, caprichosa.

Al llegar al hotel, sin casi mediar palabra, el Presidente llamó enérgicamente al oficial colombiano: - Protocolo! (por eso decidimos identificarlo de esta manera).

-      Sí Señor Presidente -contestó el funcionario.

-      En este hotel viejo y húmedo no pienso quedarme ni un minuto, así que asegúrese que no me traigan las maletas.

El hombre llamado Protocolo quedó de una pieza, algo inimaginable, mientras trataba de ordenar sus pensamientos, el Presidente hacía llamadas por su celular y al rato le dijo que había decidido pasar la velada donde un amigo suyo, senador colombiano, que poseía una finca entre Cartagena y Barranquilla y le ordenó partir de inmediato con la caravana.

Esto no podía estar sucediendo pensaba Protocolo, pero acostumbrado a seguir las instrucciones, convenció a regañadientes a los encargados de seguridad, quienes manifestaron que se estaban violando los otros protocolos (de seguridad), que ellos no se responsabilizaban de lo que sucediera. Luego de casi una hora de recorrido y de equivocarse de camino, al final por una senda sin pavimentar llegaron a la finca campestre, amplia y numerosa en cuartos, pero que no estaba preparada para recibir a los huéspedes, por lo cual el Presidente dijo:

- Protocolo! Necesito que esto lo acondicionen, para las reuniones de trabajo con mi gabinete.

El hombre, que ya estaba desesperado, empezó a llamar a Bogotá a sus superiores para pedir instrucciones y luego del regaño por haber dejado que el Presidente se desplazara a un sitio que podía resultar peligroso, le conminaron para que el hotel dispuesto inicialmente proporcionara todas las comodidades del caso. Protocolo salió a Cartagena para los arreglos, pero en el hotel el Gerente visiblemente molesto por el desaire presidencial dijo que ellos no podían hacer ningún arreglo por fuera de su sede. Así las cosas, el funcionario se dirigió a otro hotel en donde estuvieron de acuerdo, para lo cual tenían que firmar un convenio con Cancillería. Protocolo nuevamente fue sermoneado por las directivas ya que se había tomado una libertad que le costaría un presupuesto que el Ministerio no tenía, pero que en vista de la situación se comprometía a asumir.

Ya eran casi las diez de la noche, cuando los empleados del hotel dejaron acondicionada la hacienda para los huéspedes internacionales. Fue entonces cuando el Presidente recordó que uno de sus ministros estaba de cumpleaños.

- Protocolo, necesitamos una torta de cumpleaños.

El empleado oficial que ya veía esfumarse las promesas de playa y descanso, presuroso regresó a la ciudad, la cual tiene muchos establecimientos abiertos a esa hora, menos de panadería o repostería, luego de preguntar en diversos lugares, por fin encontró un supermercado de cadena, en cuya sección de pastelería quedaba una sencilla torta que al menos serviría para el propósito. Así las cosas, regresó a la finca con el pastel y dos botellas de champaña. La torta, que sirvió para la fotografía, apenas fue probada, aunque las botellas desaparecieron rápidamente en las gargantas ministeriales. Mientras las esposas se retiraban a descansar, el Presidente y sus Ministros se quedaron jugando billar pool en la sala de juegos de la finca tomando cerveza, Protocolo se quedó observando en un corredor adyacente y el Presidente le recomendó que debería estar pendiente a la mañana siguiente de las esposas.

Protocolo a duras penas pudo acomodarse en un pequeño cuarto, luego de llevar a los empleados del hotel a sus casas en barrios marginales de Cartagena y regresando a media noche, no podía darse el lujo de dormir demasiado.

A primera hora estaba de pie, trayendo de regreso a los empleados para organizar el desayuno. Las señoras efectivamente se levantaron a media mañana con la idea de ir a la playa que en esa parte de la costa no es tan atractiva y suele tener fuerte oleaje, aunque afortunadamente por aquellos días el mar estuvo tranquilo. El Presidente y sus ministros se levantaron más tarde, queriendo ejercitarse, para lo cual organizaron un partido de fútbol, pero les faltaba un jugador.

- Protocolo!

El funcionario no era un gran deportista y aborrecía el fútbol, pero cumplió con los deseos presidenciales y se sumó al encuentro en el puesto de portero del equipo del Presidente, efectivamente era algo torpe y no sabía medir los tiempos para atrapar el balón, así que le hicieron varios goles, algunos realmente tontos, lo que disgustó al Presidente que suspendió el partido y ordenó pasar al almuerzo.

En la tarde, decidieron regresar a Cartagena para recorrer la ciudad amurallada y hacer compras, estando en ello, le comunicaron al primer secretario que se había desatado una tormenta en el área de la finca campestre y el servicio eléctrico se había suspendido posiblemente durante el resto del día y la noche, lo que les obligaría a estar en la ciudad, para lo cual se requería buscar hotel. Esa nueva circunstancia obligó a Protocolo a llamar a sus jefes para que le autorizaran la búsqueda del hotel, lo que le llevó toda la tarde. Solo encontró habitaciones disponibles para el presidente y su comitiva en un hotel moderno al gusto del mandatario, así que él y los de seguridad, tuvieron que desplegarse en unas salas de descanso, en las que obviamente no pudieron descansar. Para ese momento, Protocolo sentía que los escoltas ya debían estar planeando en su contra, algo que pareciera un accidente, por tantos inconvenientes surgidos.

Al día siguiente, afortunadamente ya debían preparar el regreso a Bogotá, pero en el camino de regreso a la finca, el Presidente le dijo al funcionario que hiciera los arreglos necesarios pues había decidido quedarse un par de días más. Protocolo llamó a Cancillería en donde le dijeron que eso era imposible porque, si bien el presidente viajaba en vuelo comercial a su país de origen, un avión de la fuerza Aérea estaba programado para llevarlo de Cartagena a Bogotá, nadie podía autorizar un cambio en el itinerario, pero él no estaba dispuesto a disgustar al Presidente.

Protocolo hizo llamada tras llamada, repasando el organigrama de la Cancillería, sólo le faltaba hablar con el Ministro.

El Presidente ante lo que llamó la ineficiencia del funcionario, marcó por su celular al teléfono del presidente colombiano, quien se alegró que su invitado gozara de la hospitalidad local y celebró su idea de quedarse por dos días.

Al rato, un funcionario de presidencia llamó a Protocolo reprochando su falta de tacto al permitir la comunicación directa entre los mandatarios y diciéndole que la factura de la demora del avión de la Fuerza Aérea la debería pagar el Ministerio de Relaciones Exteriores.

Al regresar a la finca, la hija del Presidente le dijo que tenía ganas de bucear y le aconsejaron un pequeño islote muy bonito rodeado de corales a una media hora de allí, llamada la *Isla del Tesoro*, adecuado para el buceo.

- Protocolo, acompaña a la niña...

Como de costumbre, sin alcanzar a musitar palabra, ni explicar que él no sabía bucear, terminó en una lancha con su traje de paño y corbata pues no alcanzó a cambiarse, el cual había preparado para llegar al frío de Bogotá, pero ahora estaba subido en una pequeña embarcación, en donde tuvo que esperar bajo el sol inclemente, mientras la señorita bajaba con un oficial de la Armada Nacional que la cuidaría en su expedición submarina.

Protocolo regresó a la casa totalmente "ensopado", como le gustaba decir a García Márquez, por la cantidad de sudor, algo que le hizo decir al presidente:

- Hombre Protocolo, le dije que acompañara a la niña,

pero no tenía que meterse vestido al mar – expresión jocosa que hizo reír a los Ministros que seguían con la cerveza en la mano.

Por fin llegó el día de retorno, con todas las horas atrasadas de sueño y cansancio acumulado, Protocolo rezaba para que el Presidente no se arrepintiera, este como adivinando los pensamientos de aquel, le dijo que le diera un momento pues no estaba seguro en regresar ese día, lo que la hija celebró con una risotada y la esposa con una expresión de conmiseración hacia el funcionario colombiano. Luego de un silencio, en el cual quizás sólo se escuchaba la saliva que tragaba Protocolo, el presidente por fin dijo:

-	Aquí podría quedarme toda la vida amigo Protocolo, pero creo que es hora de volver a la realidad. Nos vamos.

Protocolo se cercioró de maletas y documentos y la caravana por fin partió hacia el aeropuerto en donde los esperaba el avión de la Fuerza Aérea que los transportó a tiempo para tomar el vuelo comercial. En el salón VIP en Bogotá, esperaban el embajador del país del presidente y el Director de Protocolo de la cancillería colombiana. Cuando llegó la comitiva, luego de los saludos, el presidente de repente y en voz alta dijo:

-	Me perdonarán señores pero en esta ocasión, sólo‹ quiero que una persona me acompañe a despedirme al avión, mi amigo … (dirigiéndose a Protocolo, pero en esta ocasión no le dijo Protocolo sino por su nombre de pila), lo que extrañó a los altos funcionarios y despertó aplausos de la comitiva.

Diciendo esto el Presidente tomó del brazo a Protocolo y mientras subían las escaleras, le agradeció todas las atenciones y pidió que le disculpara cualquier incomodidad, pero esperaba que él entendiera que en unos días ya comenzaba su vida como primer mandatario y esta era su última oportunidad para divertirse.

El presidente se ubicó en su asiento y Protocolo se le acercó y le pidió que le permitiera ponerle el cinturón de seguridad.

- Hombre Protocolo, no hace falta, yo puedo solo...

- No Presidente, no me entiende, es que me quiero asegurar que usted finalmente viaje de regreso a su país – dijo en voz alta.

Luego de dos segundos de silencio, estalló una carcajada del Presidente, los ministros levantaron el dedo pulgar y aplaudieron la ocurrencia de Protocolo, quien con esa frase compensó toda una semana de agotador trabajo.

EL DIPLOMÁTICO ALÉRGICO Y EL MANUSCRITO ENSOPADO

A dos cuadras y media de San Carlos se encuentra la Puerta Falsa, corta distancia que desde el siglo XIX, une y separa dos instituciones esenciales en la vida de los bogotanos, residentes o transeúntes obligados del tradicional barrio de La Candelaria. Historias paralelas que en ciertas ocasiones pueden cruzarse.

Para un diplomático de carrera colombiano, San Carlos es más que una casa considerada palacio, más que una cruz verde convertida en condecoración, más que la academia diplomática en donde se pasó un año de la vida estudiando. San Carlos se convierte en el hogar, para algunos, hogar de paso, para otros, la verdadera casa, en la cual se pasa más tiempo que con su familia.

Uno de estos personajes es un funcionario que lleva más de 20 años entre Colombia y el exterior, un diplomático que lo es a pesar de tener una alergia al mundo pues los médicos le diagnosticaron esa reacción fisiológica a cambios de temperatura en el medio ambiente, smog, polvo, lana, y cualquier factor contaminante. Por esta especial condición el hombre pasa enfermo buena parte de su tiempo en Bogotá, sufriendo resfriados fugaces y gripes eternas. En una de estas frecuentes crisis, siente la necesidad de tomarse algo bien caliente y decide ir a la *Puerta Falsa*, aquel que se considera el restaurante más antiguo de la ciudad pues funciona desde 1816, en donde encontrará la más tradicional agua de panela con queso y almojábana.

Ese día el funcionario estaba particularmente afiebrado y

con cierto mareo por el malestar general, se sentó en la última silla de madera del mesón. Mientras llegaba el pedido se recostó en el rincón y sintió un espasmo de escalofrío recorriendo su cuerpo desde las piernas. Pensaba seriamente en salir y tomar un taxi en dirección a su casa, en esas condiciones no podía trabajar, además era consciente de su responsabilidad social, no deseaba propagar aquel virus entre sus compañeros. Entre tremores y pensamientos estaba el buen hombre, cuando sintió que una de las patas de la silla se hundió en el piso, tras quebrar una de las viejas tablas. Luego de reacomodar el asiento, observó que un papel doblado sobresalía del tablado roto, lo tomó y con suma curiosidad lo desdobló. Luego de leerlo, por un momento olvidó su malestar y comenzó a elucubrar.

El contenido de la vieja hoja amarillenta, escrita a mano, apenas era legible. El documento recogía las intenciones de dos personas, una especie de contrato simple, en el cual, una señora llamada Lucila Rubio de Sabogal se comprometía durante seis meses a proporcionar desayuno gratis consistente en tamal tolimense con chocolate santafereño, queso y almojábana al señor Gabriel José García quien debería al cabo del plazo, entregar un documento escrito que contuviera la historia del restaurante La Puerta Falsa, desde su fundación en 1816 hasta la fecha, es decir, 1948. El diplomático releyó varias veces el papel y se preguntaba si ese García, sería por arte de gracia, aquel que el mundo conoció como *Gabo*, autor de novelas imprescindibles en la literatura universal.

Todo parecía coincidir, pues Gabriel García Márquez, residía en aquella época en una posada no muy lejos de allí, mientras estudiaba derecho en la Universidad Nacional. El papel estaba firmado el 26 de marzo de 1948, es decir apenas unas semanas antes que estallara el "Bogotazo", la gigantesca revuelta que destruyó la ciudad, por el asesinato del líder liberal Jorge Eliécer Gaitán. Era probable que para garantizar el desayuno durante un tiempo, aquel joven caribeño le hubiera propuesto a la dueña del sitio, realizar una investigación histórica y plasmarla en un documento, con los acontecimientos y anécdotas que habían marcado el restaurante. Pero seguramente la tragedia que se apoderó de Bogotá y sus habitantes, frustró aquella iniciativa. El diplomático, pensaba en todo esto, cuando sintió que el joven dependiente le tocaba el hombro.

- ¿Perdone señor, ¿se le ofrece algo más? Es que hay varias personas esperando turno para sentarse.

Aturdido por la sorpresa, el funcionario comprobó que ya se había tomado el agua de panela caliente, aunque no recordaba haberlo hecho. Se levantó con el mareo intacto y se dirigió a la caja registradora, en donde un simpático señor, le pidió la factura.

- No la tengo -espetó el enfermo.

- Perdone señor, pero creo que la tiene en la mano.

Cuando el diplomático vio el papel que aferraba como si fuera el boleto del último tren de medianoche para el puerto definitivo, comprobó que era el recibo que le pedían y no el manuscrito que supuestamente había encontrado. Posiblemente la historia había sido producto del sueño, la fiebre y la imaginación desbocada. De todas formas, mientras pagaba su consumo, se atrevió a preguntar al cajero.

- Disculpe, ¿usted sabe si Gabriel García Márquez, cuando era joven estudiante frecuentaba este sitio?

- Pues no me extrañaría señor, por aquí ha pasado todo el mundo. Si estuvo el mismo Simón Bolívar, seguramente el escritor también nos habrá visitado.

Al salir a la calle, el diplomático sin dudarlo se dispuso a tomar un taxi para ir a su casa, luego llamaría a la oficina a excusarse, pues necesitaba descansar. Esta vez la alergia que le exacerbaba la imaginación, lo había llevado demasiado lejos.

EVOCACIÓN UCRÓNICA

El Presidente Bolívar luego de despachar los asuntos urgentes, abandonó su escritorio y se asomó por la ventana del Palacio de San Carlos.

Era una bella mañana bogotana. No era frecuente ese azul diáfano en la capital de la República de Colombia, aquella joven nación que iba desde Venezuela al Ecuador, de Panamá a la Nueva Granada. Unir a caribeños con andinos, a los habitantes del Mar Pacífico con llaneros y gente de la montaña, resultaba una empresa titánica, comparable a haber vencido al imperio español con el ejército colombiano.

El tibio sol le evocó a su amada esposa María Teresa, mientras tomaban una limonada fresca acostados en aquel que resultaba el mejor invento del ingenio humano, la hamaca, contemplando el crepúsculo en su finca, durante sus primeros y felices meses de casados, antes que una maldita fiebre se la llevara.

Antes de volver al escritorio a redactar una carta urgente al General Sucre, Bolívar alcanzó a considerar que pudo haber sido un hombre feliz, en lugar del viudo estadista que intentaba crear un país en medio del caos, las ambiciones y la incredulidad.

REMEMBRANZA DE UN VIAJE LEJANO A ABU DHABI

Nota del autor: Las situaciones descritas en este relato son completamente ficticias, así se mencionen algunos personajes y eventos reales. Aunque habría sido maravilloso que alguien tuviera un recuerdo real como el que aquí se describe. Este relato fue publicado en el libro 'La soledad del Golfo', antología preparada por la editorial Cant Arabia en 2018. La citada editorial ha permitido la publicación del cuento en este libro.

Soy colombiano, lo cual quiere decir, migrante por genética. Los colombianos tenemos vocación de ave migratoria y no sólo por razones de obligación o porque escapemos del lugar maravilloso en que nacimos. Somos semillas de un cruce eterno de caminos iniciado por los mismos aborígenes americanos (algunos creen que provenían de las islas de la Polinesia en el extremo Pacífico). En nuestra sangre hay glóbulos africanos y plaquetas europeas, pero además nuestra raíz española se nutrió de ingredientes de todos los imperios de occidente y oriente, romanos y árabes. El colombiano gusta de recorrer en vía contraria los pasos de quienes poblaron su país.

Aparte de colombiano, soy anciano, lo cual quiere decir que soy en sí mismo un camino llegando a la meta final. Aunque ahora esté sentado buena parte del día en un sillón viendo la lluvia bogotana lavar las culpas de la ciudad, hubo un tiempo en que no fui camino sino caminante, mejor aún navegante, lo que me permitió conocer sitios de maravilla, con gente que parece de otra dimensión.

Acabo de leer en el periódico la noticia de la apertura de la primera embajada de Colombia en los Emiratos Árabes Unidos y observo unas fotografías asombrosas de Abu

Dhabi, la capital de ese país y de Dubái, la segunda ciudad, se aprecian edificios interminables, de diversos y artísticos diseños, algunos que parecen desafiar la gravedad o la lógica arquitectónica; amplias avenidas por donde circulan automóviles de alta gama, conforme al parecer del periodista colombiano que cubrió el evento, quien en su artículo resalta la tolerancia y simpatía con la cual los pobladores locales reciben a los extranjeros, incluso a los que no profesan el islamismo, su religión oficial.

Repaso las descripciones del reportaje, veo las increíbles fotos y no puedo evitar arrastrarme a un recuerdo que parece demasiado lejano, casi ajeno. Corría el año de 1947, había terminado el colegio y debía comenzar a buscar trabajo para contribuir con los ingresos de mi modesta familia. Mis padres además estaban preocupados por la situación política del país, ellos de filiación liberal habían tenido que huir de su pueblo para llegar a Bogotá, víctimas de la persecución conservadora, pensaban que el conflicto se agravaría, como en efecto ocurrió un año después.

Por todo lo anterior, en mi casa hubo sosiego, en cierto modo alborozo, cuando un día llegué con la noticia que había sido aceptado en la recién creada Flota Grancolombiana. Se trataba de la primera flota mercante del país, la cual estaba destinada a servir a las exportaciones de café a otros mercados. Yo, un joven andino que no había visto el mar todavía, quien apenas sabía nadar, estaría durante 20 años navegando por los mares del mundo.

El mar fue mi universidad y los puertos se convirtieron en las ventanas para observar la realidad y cultura de otros pueblos, a veces tan parecidos, a veces tan diferentes del mío propio. Al llegar a puerto, siempre buscaba la oficina de correo local para despachar cartas a mis padres, contando tantas novedades. Fue tal la correspondencia, que mi padre se volvió aficionado a coleccionar estampillas que luego mostraba a sus amigos de barrio, orgulloso del hijo que recorría el mapamundi en todas sus direcciones. Cuántas anécdotas, cuántos recuerdos, pero uno de los más memorables fue sin duda el ocurrido en lo que entonces era el emirato de Abu Dhabi.

Nuestro barco había llegado con algunos problemas a Bombay en la India, las noticias no fueron buenas, había que dejarlo en reparación por lo menos dos meses, pues el daño era más serio de lo que pensaba el capitán. A la compañía le resultaba más económico mantenernos allí y nos dieron vía libre para enlistarnos temporalmente en los oficios que pudieran ofrecernos. En mi caso, me había convertido en un grumete serio, que no gustaba de meterse en los problemas que les atribuyen a los marineros.

A las tres semanas de haber recorrido aquel puerto y sumergirme en la vorágine de sabores, olores y colores que tiene la India, país que se estremecía por su recién lograda independencia, algunos de nosotros fuimos propuestos a un reclutador de marinos, con el fin de apoyar la tripulación de un carguero que salía para la isla de Abu Dhabi a recoger un cargamento especial de perlas.

Hasta ese momento, no había escuchado el nombre de aquel sitio, aunque ya había tenido contacto con musulmanes, otros marinos que siempre sacaban tiempo para rezar, lo cual nunca dejó de asombrarme positivamente, ya que en mi casa me habían inculcado la costumbre de la oración. En los preparativos del viaje, supe que los pequeños emiratos ubicados en el Golfo Arábigo (el mismo que en Irán llaman Golfo Pérsico), básicamente eran pueblos que sobrevivían gracias al comercio de perlas, de la pesca tradicional y la crianza de unos pocos animales.

Cuando llegamos a la isla de Abu Dhabi que conforme al mapa tenía forma de un pie humano, comprobé lo que me habían dicho, encontramos una modesta villa de pescadores, sin grandes construcciones a excepción de un fuerte que era la casa del gobernante y su familia. No había calles, ni automóviles. En comparación, Bogotá, mi ciudad natal, era una metrópoli moderna y cosmopolita frente a esta pequeña aldea.

Había muchos niños en el puerto, que curioseaban al llegar las embarcaciones, las mujeres en cambio no salían de sus aposentos y cuando se les veía, llevaban un vestido largo y negro llamado abaya que les cubría por completo; yo estaba advertido que un hombre y menos extranjero no debía hablarle a una mujer ni estrecharle la mano al saludarla, era una forma de mostrar respeto, estoy seguro de que a mi madre esto le hubiera gustado.

Mi tez de piel es trigueña y por efecto del trabajo mostraba un fuerte bronceado; además en el barco me había dejado una incipiente barba, lo que provocó que muchos lugareños se confundieran y pensaran que yo era árabe; pero cuando a través del intérprete que nos acompañaba les explicaba que yo era un colombiano venido de las antípodas, no daban crédito y decían que yo estaba equivocado, era árabe, bueno, un árabe que no sabía el idioma ni la religión, pero árabe al fin y al cabo.

Ocurrió que por un incendio reciente en el puerto, las mercancías fueron llevadas a Al Ain, otro villorrio que estaba a un par de días en camello. Si no queríamos tardarnos demasiado, debíamos ir a recoger las perlas a ese sitio. Las personas en Abu Dhabi, nos prepararon camellos con guías y las provisiones necesarias para emprender el viaje. Así ocurrió y fue como inicié una travesía que al comienzo me parecía muy entretenida por la experiencia de montar en camello, pero para quien no sabe ubicarse en la montura, al cabo de unas horas puede resultar agobiante por el ritmo particular del animal. Cuando acampamos, me sorprendió el frío de la noche, en contraste con el calor implacable que tuvimos unas horas atrás. Sin embargo, fui testigo de uno de los espectáculos más bonitos, al ver el cielo del desierto. Ni siquiera en el mar había visto tantas estrellas, incluidas las fugaces que se contaban por montones.

Toda mi vida me he despertado temprano y aquel día no fue la excepción, los demás integrantes de la caravana seguían durmiendo y me pareció buena idea salir a caminar por los alrededores. El paisaje era sorprendente, soplaba una brisa que peinaba las dunas, resultaba fascinante observar cómo se formaban y desaparecían las montañas de arena, no resistí a caminar descalzo, se trataba de una arena fina que por momentos parecía tragarse los pies, subí una duna, me deslicé por otra, hasta que, recobrado de la emoción, decidí regresar al campamento. Sin embargo, la brisa ahora era un fuerte viento que llenó todo mi horizonte de arena, la verdad, el ventarrón no duró más de unos minutos, no fue una gran tormenta, pero fue suficiente para borrar las huellas que me llevarían de regreso. Estaba perdido.

El sol en el desierto adquiere otra dimensión, deja de ser la compañía tibia y agradable, se convierte en tormento de fuego. Aunque el mar es quizás el elemento más peligroso e inestable y había tenido ya varias experiencias atemorizantes, nunca había estado solo afrontándolas; en el barco, era parte de un todo solidario, pero aquí sólo tenía la sombra por compañía. Había salido sin provisiones y no tenía noción del tiempo, sentía el sol avanzar sobre mi cabeza, pisando con pies hirvientes. Es probable que haya caminado en círculos o en la dirección totalmente opuesta, es difícil saberlo. La verdad es que en un momento dado ya no tenía dominio de mi cuerpo, nunca había sentido tanto la falta de alimento, pero sobre todo de agua. Cuando estaba a punto de sucumbir, de pronto lo vi, pero no estaba seguro si la imagen era real o un espejismo. Un hombre joven que venía caminando en mi dirección con un pájaro volando a su alrededor.

Creo que finalmente me desmayé, luego desperté rodeado de cojines, acostado en el piso, sobre una mullida alfombra que a su vez estaba encima de una estera de palma, que resultaba la mejor cama en el desierto. El hombre que había visto era real no una ilusión óptica, se me acercó y me dio a beber en una vasija de cobre con el agua fresca de un oasis del pueblo de Al Ain según supe después, la cual consumí aceleradamente. Mi salvador me habló inicialmente en árabe, al no tener respuesta, me preguntó en inglés si me sentía bien. Para aquella época y gracias a la experiencia marítima yo entendía ese idioma y sabía hilar algunas frases, fue así como le pude contar lo sucedido. El hombre se sorprendió al saber que yo era un marinero colombiano, repitió varias veces: - Usted viene de un sitio muy lejano. Sería bueno para esta tierra, que llegaran personas de todos los países del mundo que ayudaran a crear bienestar y progreso para mi pueblo -agregó.

Había caído la noche nuevamente y durante varias horas, el hombre y sus acompañantes me prodigaron cuidados, me dieron alimentos y leche de camella, nunca olvidaré el sabor de los dátiles que me parecieron un dulce celestial.

El hombre me dijo que estaba en el gobierno del emirato y que personalmente tenía el sueño de la unión entre las diferentes familias y clanes, hasta formar un solo país que fuera reconocido y respetado en todo el mundo, un país en el cual los niños y niñas tuvieran educación gratuita, salud y vivienda para las familias; para ello se necesitaba convencer a algunos líderes que todavía pensaban sólo en feudos, de la necesidad de trabajar en común por el bienestar de todos. También faltaban recursos y por ello me agradecía que hubiera venido hasta aquí a buscar las perlas, que cada vez era más difícil vender, pues en otros países estaban comenzando a producirlas de manera artificial. Su esperanza hacia futuro era que, bajo el suelo del desierto, realmente existieran yacimientos de petróleo, como lo estimaban algunos diagnósticos de expertos extranjeros.

Ante mis continuos agradecimientos por haberme rescatado, él me repetía que había actuado conforme a su fe, pues la misericordia era uno de los cinco fundamentos del Islam, aunque algunos pensaban que sólo era limosna en dinero, él creía que era un concepto más amplio de ayuda al que lo necesitaba.

A la mañana siguiente, la caravana con mis compañeros de travesía llegó hasta el campamento, los abracé a todos y les ofrecí excusas por la preocupación y molestias, observé que los guías y traductores especialmente se mostraron respetuosos con mi anfitrión, quien se despidió de mí de una manera que me resultó curiosa, tocando su nariz con la mía, lo cual supe después era una señal de gran afecto y me regaló una pequeña daga, en un estuche de cuero de camello y piel de cordero. Luego se montó en un caballo reluciente llevando en su brazo izquierdo un halcón, el ave que yo había visto revolotear a su alrededor. Nunca olvidaría sus facciones y su mirada penetrante.

Al final pudimos terminar nuestro encargo y regresar a la India. Luego de otros oficios ocasionales, retornamos a trabajar en el barco mercante. Estuve navegando hasta el año 1967, cuando me casé y me ofrecieron un puesto de oficina en Bogotá. Archivé todas las anécdotas que de vez en cuando vienen a tocar la puerta de mi viejo cerebro.

Sin embargo, el recuerdo más especial resultó este que ahora se me revela como un suceso extraordinario, pues gracias al extenso reportaje del periodista colombiano, me entero que el desarrollo prodigioso de ciudades como Abu Dhabi o Dubái y la creación de un país llamado los Emiratos Árabes Unidos, fueron posibles gracias a la visión de un hombre sin igual, el mismo que me tendió la mano en el desierto, el gran Jeque Zayed.

Creo que esta noche podré vencer el insomnio que suele aquejarme, dormiré no sólo tranquilo, sino feliz, acariciando el estuche de cuero y piel que guarda en su interior una daga de acero.

¿POR QUÉ NO VOLVÍ A TRABAJAR LOS SÁBADOS EN CANCILLERÍA?

Al comienzo de mi carrera diplomática en el Palacio de San Carlos, tuve ocasión de trabajar en oficinas que rebozaban de trabajo, contrastando con el poco personal que laboraba. Aunque usualmente he llegado muy temprano a las diversas dependencias en donde he prestado servicios, en aquellos días parecía que el tiempo no alcanzaba para despachar todos los asuntos, la bandeja de entrada de documentos en mi escritorio resultaba estática, pues a medida que sacaba temas, iban llegando otros en una dinámica que no parecía tener fin.

En esas circunstancias, decidí trabajar los sábados en la mañana, lo cual tenía grandes ventajas. En aquella época era soltero y vivía solo, así que no había responsabilidades o necesidades diferentes a las mías; tampoco tenía una novia a la cual dedicarle tiempo y energía, pues la última relación sentimental en la que estuve involucrado fue desgastante al extremo, una experiencia llena de altibajos, una historia intensa pero agobiante, que terminó en recriminaciones mutuas, así que por un tiempo no deseaba comprometerme. Así las cosas, se daban todas las condiciones para dedicarle todo el tiempo al trabajo.

Trabajar durante un día sábado, implicaba otras ventajas, podía llegar vestido de manera informal y no como todos los días, sometido a las convenciones del traje y corbata, no había reuniones de coordinación que consumieran la mayor parte del tiempo, mientras llegaba más trabajo al escritorio, ni llamadas telefónicas para atender. Además, mi jefe, una embajadora de carrera, lo interpretaba como un rasgo de compromiso institucional, de suprema responsabilidad, a pesar de que era consciente del problema de personal que tenía el departamento, así que me firmaba la solicitud de ingreso el día sábado a Cancillería, sin ninguna reticencia.

El Palacio de San Carlos, sede central de la Cancillería colombiana es una vieja casona que data de 1580, siendo sede de diferentes entidades coloniales y republicanas entre otras de la presidencia de la Gran Colombia, luego que Simón Bolívar ordenara su compra en 1828, en donde despachó, vivió y como saben los transeúntes de la calle décima, sobrevivió a un intento de magnicidio, escapando por la ventana del cuarto que compartía ocasionalmente con Manuelita Sáenz, el gran amor de sus últimos años, mientras aquella se enfrentaba espada en mano a los conspiradores.

San Carlos ha venido creciendo, pues a la casa original se han sumado otras construcciones aledañas, que han sido adquiridas con el tiempo, algunas mucho más modernas, pero en general se tiene la idea de la casona vieja, de anchas paredes que albergan todo el frío de Bogotá, pues resulta lo más parecido al interior de una nevera y no es extraño que los funcionarios pasen buena parte del año siendo víctimas de la gripe y enfermedades respiratorias. Los pisos suelen ser de madera y se convierten en amplificadores de los sonidos.

Cierto sábado ingresé a la oficina que era un espacio amplio, separado por cubículos en los cuales trabajábamos varios funcionarios en los días laborales, contaba con baño que compartíamos, lo cual resultaba muy cómodo, ya que lo usual es que los servicios sanitarios estuvieran situados en los corredores, fuera de las dependencias. Parecía una mañana de mucha agitación en el usualmente calmado sábado matutino, en el piso de arriba seguramente estaban en mantenimiento, pues corrían muebles de un lado a otro, aunque algo molesto al tiempo me tranquilizaba pues me transmitía una sensación de compañía.

Estuve trabajando en el computador durante dos horas sin parar y la verdad me rindió bastante con los asuntos pendientes, casi a punto de terminar, un portazo al interior de la oficina me dejó de una sola pieza. El sonoro golpe provino de la puerta del baño sin lugar a dudas, seguramente había sido una corriente de aire, no obstante, la puerta principal y las ventanas estaban completamente cerradas, recordaba que en el baño había una pequeña ventana, pero cuando abrí la puerta pude comprobar que también estaba cerrada. En ese momento, recordé todas las historias que se cuentan de fantasmas y apariciones en Cancillería, aunque siempre esos relatos afirman que estos fenómenos han ocurrido en la noche o madrugada, nunca un sábado soleado en la mañana. Me devolví a mi escritorio con esa sensación de frío en la nuca, percepción incómoda, como cuando a uno lo miran fijamente tras la espalda.

Luego de guardar tanto los archivos digitales en el computador y ordenar los físicos en la bandeja del escritorio, apagué el aparato, tomé mi morral y salí de manera que podría definirse de aceleración contenida, fingiendo para mí una tranquilidad que no tenía, pues evidentemente había sido alterada con aquel suceso que de todas formas no debía ser nada extraño en una edificación como aquella. Atravesé los diferentes pasillos y escaleras que conforman una especie de laberinto en la sede del Ministerio de Relaciones Exteriores.

Me dirigí a la portería, en donde el amable vigilante que me había registrado en el libro de ingreso de funcionarios y visitantes del día sábado me saludó con una sonrisa, lo cual me devolvió la calma al cuerpo. Mientras firmaba el libro con la hora de salida, para buscar un tema de conversación, le pregunté intrigado por el tipo de trabajos que estaban haciendo en el cuarto piso del edificio (mi oficina estaba ubicada en el tercero), comentándole sobre aquel ruido incesante, pues parecía que estuvieran tumbando las paredes. El encargado de seguridad, con rostro de sorpresa me respondió, mientras me hacía notar la ausencia de otras firmas en la hoja de registro:

- No doctor, usted era el único funcionario autorizado hoy para trabajar en esa área, no se están haciendo trabajos de reparación o mantenimiento.

Fue ese el momento exacto, en que me hice el propósito de no volver a trabajar en el Ministerio durante los días sábados.

SIN AÑOS DE COMPAÑÍA

Muchos años después, frente al pelotón de fusilamiento, el coronel Castro había de recordar aquella tarde remota en que conoció el frío. Bogotá era entonces una inmensa aldea de casas de ladrillo a la vista, construida a la orilla de un río de aguas diáfanas que se precipitaban por un mítico salto bautizado Tequendama. El mundo visto desde el aire parecía tan reciente, que muchas cosas se observaban nuevas, sin nombre para definirlas, el único recurso era señalarlas con el dedo.

Era la primera vez que el joven Castro viajaba en avión, sólo pocas horas antes la Confederación Universitaria en Cuba le confirmó que él había sido seleccionado para viajar a la *Reunión Estudiantil Latinoamericana*, a desarrollarse en la capital colombiana, actividad paralela a la *Conferencia Panamericana de Ministros de Relaciones Exteriores*.

La reunión estudiantil pretendía convertirse en alternativa crítica frente al evento oficial, que se veía a lo lejos como un momento de claudicación de los ministros latinoamericanos frente al General Marshall, su colega estadounidense. Corría el año de 1948, un 8 de abril para ser exactos. Aquellos jóvenes se tomaban en serio, el rol de diplomáticos no oficiales.

Para un joven como Castro, individuo caribe hasta los tuétanos, quien sobresalía por su inmensa estatura, Bogotá le parecía un territorio gris y ajeno, en donde los hombres se disfrazaban con trajes oscuros y sombreros negros, silenciosos, sin muestra de sonrisa, ante una impresionante ausencia femenina, no por falta de mujeres, sino por ausencia de esa espontánea chispa que ilumina a las caribeñas.

Las mujeres transitaban tan cubiertas de ropas, en un murmullo constante, que parecía la repetición de oraciones y credos de un convento, más que el devenir de los secretos chismes de este pueblo grande. Luego de salir del aeropuerto de Techo, viajó en un tranvía repleto de personas, quienes, a pesar del hacinamiento móvil, no sudaban. Era cierto, los bogotanos no parecían humanos.

Sin embargo, Castro sabía que en esta ciudad gélida, en donde el frío parecía ser un arma blanca, vivía un hombre con la capacidad de romper los hielos del clima y de la naturaleza tímida, Jorge Eliécer Gaitán, el líder popular que con el poder de la palabra podía crear huracanes o calmar tormentas, una especie de Moisés moreno, con rasgos indígenas, educado en derecho romano, adosado con ideas socialistas, a quien no le temblaba el dedo ni la voz, para acusar al gobierno conservador que pretendía desconocer las desigualdades sociales, un gobierno que no reconocía razones ni cosas del corazón.

Gaitán se proyectaba a nivel continental, a pesar de la limitación de las comunicaciones, la prensa internacional no podía dejar de mencionarlo como fenómeno carismático, modelo para todo aquel que deseaba llevar a su pueblo por mejores caminos.

De pronto, en medio de aquel desierto de concreto, se levantó un oasis blanco, el campus de la Universidad Nacional de Colombia, en donde se llevarían a cabo las actividades de la Reunión Estudiantil Latinomericana, terreno fértil para la juventud, sueños e ideas, en donde Castro rápidamente se confundió con muchachos de su edad. En especial trabó amistad con un joven delgado, estudiante de derecho, quien al hablar delataba su ancestro caribe, voz mecida por las olas del mar y las músicas alegres.

El muchacho costeño, quien vivía en una residencia estudiantil del centro de la ciudad, al conocer la admiración de Castro por Gaitán, le prometió que al día siguiente le ayudaría a conseguir una entrevista con el político colombiano. La posibilidad de hablar con aquel referente de liderazgo, aunada al cansancio del viaje le ayudaron a dormir feliz esa noche.

El 9 de abril, con el paso del tiempo, se convirtió en un dato más de enciclopedias e Internet, consagró una palabra, "Bogotazo", como expresión de violencia popular, descontrolada, sin rumbo ni cabeza. Todos saben la historia, Castro la vivió cuando iba caminando con su recién amigo, para dirigirse a la entrevista que telefónicamente Gaitán había confirmado. Faltaban pocas cuadras para llegar a la cafetería en donde el político invitaría a un *tinto* (como los bogotanos llaman al café negro), a los estudiantes.

Luego todo se sintetizó en la dramática frase: ¡*Mataron a Gaitán*! El resto, no es necesario decirlo, pero en cuanto Castro se separó de su compañero, por la fuerza de la marea humana, que lo arrastró kilómetros y años, jamás lo volvería a ver. A partir de ese momento, reinó la confusión en medio de las columnas de humo, que se levantaban reemplazando las paredes de edificios como el Palacio de San Carlos.

El coronel Castro, quien pidió fumarse un habano como última voluntad, intentaba recordar el nombre completo de aquel muchacho, a quien durante la noche del ocho de abril del cuarenta y ocho le había regalado una edición rústica de

"La Metamorfosis" de Kafka, quien estaba tan entusiasmado con una máquina de escribir que todavía no estrenaba, pues no tenía idea, argumento o historia que contar.

El mismo joven que luego del asesinato de Gaitán, se había perdido entre la vorágine humana, de quien sólo evocaba su forma de hablar, similar al de los antiguos trovadores de Santiago de Cuba, narradores de historias mágicas. Eso sí, recordaba el lunar cerca de un incipiente bigote, y el apodo con el cual los compañeros de la Universidad Nacional lo identificaban, *Gabo*.

Los soldados ya se preparaban, mientras las volutas de humo se disolvían en el aire caliente. Ya no había tiempo para rememorar nada, ni los nombres completos, ni las razones de los fracasos del Cuartel Moncada o de Sierra Madre. Fracasos como aquel primero, cuando jugó a ser diplomático de ocasión y terminó corriendo en medio de una revolución abortada. Sólo se dio cuenta que durante todos estos años había estado sin compañía, a pesar de encontrarse siempre entre muchedumbres.

Antes de escuchar la palabra fuego, intentó un nuevo recurso de memoria, repetir algún verso de Martí, pero también fue inútil, sufría de la enfermedad de la amnesia y no bastarían cien años para curarse de semejante mal, ni tendría cuerpo que lo resistiera. Sólo recordó dos cosas, Fidel, su nombre de pila, olvidado porque todos lo llamaban por el apellido, y el frío bogotano que entraba en mil orificios por su cuerpo.

ASUNTOS INCONCLUSOS DE UN DIPLOMÁTICO DISOLUTO

Puedo decirme del amor (que tuve):
que no sea inmortal puesto que es
llama, pero que sea infinito mientras
dure... Puedo decirte del amor (que
tendré) que no llegará al confín del
tiempo porque será cual cubo de hielo
desvistiéndose en frías lágrimas. El
reloj pesa y pasa las horas del amor
que tuve, del amor que tendré, el reloj
pasa y repasa, pesa y sopesa las
cicatrices tatuadas en la cama las que
se fueron, las que están por venir...

El poeta se detuvo, había llegado a uno de esos callejones emocionales en donde el escritor no sabe exactamente cómo prosigue el camino, ni cuándo es prudente terminar. Guardó el borrador del poema en el cajón izquierdo, lo retomaría luego con mayores bríos. Se sirvió un vaso de whisky mientras despreocupadamente procedió a revisar documentos esparcidos sobre el escritorio algo desordenado.

Al mover un libro, cayó al suelo el sobre que había llegado el día anterior, el cual seguía perfectamente cerrado a diferencia de la demás correspondencia recibida, facturas de las empresas de servicios públicos y una carta que tanto le había alegrado de un querido amigo desde Montevideo.

El poeta persistía en la duda de develar el secreto del mensaje con estampilla y sellos oficiales. En principio, tuvo la reacción normal de rasgar el sobre despachado a su nombre desde el *Palacio de Itamaraty*, pero se detuvo. Tenía curiosidad de saber el contenido de la misiva, era cierto, sin embargo, quiso plantearse las posibilidades de la respuesta encerrada en el habitáculo de papel. Descartó que fuera un nuevo traslado al exterior, no había pasado mucho tiempo desde la última salida y aunque era consciente que las directivas se incomodaban con él en planta interna pues nunca sabían dónde ubicarlo, por respeto a los demás colegas de la carrera diplomática debía acatar los términos de la alternación.

Acaso por fin los gobernantes, aquellos que deciden sobre los destinos de pueblos y hombres de manera plural y singular, le darían al poeta diplomático el reconocimiento oficial, luego que el pueblo lo consagrara como autor de letras inolvidables que otros acompañaron con músicas cadenciosas y nostálgicas, canciones que incluso aquellos seres indolentes e impasibles solían tararear mientras tomaban la ducha. Sería la ansiada promoción como embajador que significaría un futuro nombramiento como enviado extraordinario y plenipotenciario de su país en algún destino exótico y lejano. Un lugar convertido en entrañable nido, donde durante el día los poderosos le llamaran *Su Excelencia* y en las noches pudiera escaparse con bohemios locos e imaginativos para emborracharse con versos, arte, visiones de mujeres y por supuesto con alcohol.

¿Acaso los mediocres con poder, por fin reconocían a los genios con talento?

A pesar de querer ignorarlo, no pudo evitar seguir especulando sobre el contenido del mensaje. No obstante, su naturaleza optimista, el poeta sospechaba que no eran buenas nuevas las que venían adentro del liviano sobre, sino algo determinante que no podía informarse mediante una llamada telefónica o un telegrama.

Quizás le informaran que ya no sería más diplomático, por llevar una vida disoluta, poco edificante, dedicada más a los versos que a los serios asuntos de Estado. Aunque él siempre había separado los espacios de su versátil existencia y nunca descuidó sus responsabilidades, sabía que varios desesperaban con su éxito como escritor, un escritor además querido por el pueblo, que sin buscarlo se había vuelto popular. La envidia era lamentablemente el motor que hacía mover a medio mundo.

No quiso amargarse durante aquella tarde que prometía una inmejorable puesta de sol, quedaron pendientes tanto el poema como la apertura del sobre. Al fin y al cabo, era fin de semana, no tenía sentido alterar los alegres planes que había programado. Si no se trataba de algo trascendental para su futuro sino algún encargo urgente del trabajo, igual no podría hacer nada con las oficinas cerradas; si fuera una buena noticia sobre alguna promoción, entonces comenzaría de la mejor manera la nueva semana; si por el contrario fuera una novedad cesante, le daría en qué pensar durante los siguientes días, cómo sería el futuro sin el seguro cheque de fin de mes.

La tarea de revisar la correspondencia debería asignarse a los días lunes.

El poeta recordó que tenía una cita con su amigo Tom en el bar de la playa. Cuando iba a su encuentro, observó que en sentido contrario venía caminando aquella chica que había visto en otras oportunidades, la bella *garota* que andaba con

tanta gracia, la cual merecería un poema, una oda de
proporciones épicas o al menos una canción.

CARTAS CREDENCIALES DEL PRESENTE INCIERTO

INEFABLE

El cuello era tan angosto como largo, las manos lo abarcaban en su totalidad, ignoro cuanto tiempo transcurrió mientras lo apreté, si fueron segundos o minutos no tengo idea. Sólo sé que no podía hacer más fuerza, empecé a sentir cansancio en los antebrazos, las lágrimas caían desde mi rostro sobre ese pecho desnudo que ahora se me antojaba tan plano. Le di vuelta al cuerpo, al mismo que había repasado con la mirada, con la risa, con besos y caricias. No deseaba verlo más, me levanté de la cama. La desesperación no me dejaba pensar, lo mejor era salir de aquel motel, afortunadamente era una cabaña aislada, con el automóvil parqueado al frente. Una duda comenzaba a atormentarme, la posibilidad de dejar mis huellas digitales en la piel, me acerqué nuevamente para examinarla, el cuello lucía enrojecido y lentamente se formaban manchas oscuras. Tomé de un sorbo el resto del whisky y llené el vaso con agua, me aproximé utilizándolo como lupa, me detuve en las manchas, parecían coincidir con las líneas en mis dedos, pero eran las huellas sobre el vidrio. Dejé el vaso sobre la mesa, mientras me recosté al lado del cuerpo inerte, me fijé en la lámpara del techo, compuesta por un bombillo dentro de una cubierta de mimbre que por los costados lucía negra, gracias al calor irradiado. Se me ocurrió si no tendrían cámaras ocultas, cierta vez leí la dolorosa vergüenza que un matrimonio pasó en Ámsterdam, en una de las tantas tiendas de artículos eróticos, al reconocer en un video a su hija con uno de los socios del padre. Al parecer, no era extraño que determinados moteles instalaran cámaras escondidas para filmar a las parejas y luego vender las cintas en el mercado ilegal. Recorrí aquel cuarto palmo por palmo, me tranquilizaba saber que el espejo de cuerpo entero frente a la cama, daba a la pared del baño. Pensé que en mi búsqueda había dejado rastros en todos los rincones. Tomé mi pañuelo y lentamente repasé las muebles y objetos tocados, incluso los que pensaba no había rozado. Intenté relajarme, organizar serenamente mis pensamientos y coordinarlos con las acciones. Apagué la luz, el próximo paso sería salir de allí con calma, pagando la cuenta en efectivo, simulando que mi pareja dormía luego de una noche intensa. En la oscuridad me puse la ropa, encendí la luz, revisando no dejar ningún indicio de mi persona. Luego, la empecé a vestir, me preocupaba que las huellas se notaran alrededor de su cuello. Las ropas difícilmente entraban por los miembros, esta vez las gotas brotaban del cuero cabelludo y de la frente, sudaba salvajemente por el esfuerzo y por el miedo, sin duda. Ya vestida, busqué en su bolso de mano y encontré lentes negros y una pañoleta que me sirvió para cubrir su rubio cabello y al mismo tiempo el cuello. Había una carterita de cuero la cual no abrí, porque supuse que allí reposaban sus datos reales y fotografías de familiares, sabe Dios si tuviera hijos, rogué porque no fuera así. De pronto noté el celular apagado, recordé que ella había mencionado que mientras durara el servicio no tendría que reportarse. Consulté el reloj, quedaban unos veinte minutos para cumplirse las tres horas, era casi la una de la mañana, era seguro que su agencia conocía el dato del motel, así que aceleré el paso, a pesar de ser menuda resultaba pesada, la acomodé en una silla mientras revisaba la cama. No había señales, de todas maneras, sacudí las sábanas dejándolas arrugadas al pie de la cama. Por tercera vez, bajé la cisterna del baño, cerciorándome que el condón utilizado no saldría a flote, consideré que por lo menos en caso de autopsia no encontrarían ninguna gota de semen que pudiera ser analizada después. Del bolsillo interior del sobretodo, saqué los lentes sin aumento y el bigote falso, me peiné de la forma en que entré, repetí el ritual que a ella le había causado tanta gracia, cuando le expliqué mis prevenciones de seguridad. Apagué la luz y salí con cuidado, no se veía a nadie y preparé una escena digna de un buen actor. Primero abrí la puerta del automóvil, la tomé a ella por la cintura pasando su brazo inerte por mi cabeza, recostando la de ella en mi pecho, mientras con la mano derecha llevaba la botella de whisky a medio terminar, trastabillando como pude la acomodé en la silla delantera del copiloto, inmovilizándola con el cinturón de seguridad, dejando su rostro en dirección hacia mí. Preparé el dinero, dejando una buena propina, subí el cuello de mi chaqueta y salí lentamente con el automóvil. En medio del nerviosismo, estaba agradecido que al entrar cuando me entregaron la llave de la pequeña caseta, caía un fuerte aguacero y no se percataron de las características del vehículo. Sin embargo, antes de llegar a la salida, me detuve, simulando revisar una llanta trasera, tomé fango aun fresco y embarré la placa, de tal forma que no se vieran los números. Retomé el camino, al llegar un vigilante somnoliento, con cara risueña, al pasarle la llave y sin preguntarle me dio la cuenta, le pasé los billetes entre los dedos índice y medio, cuidando no tocarlos, como había hecho con la llave (lo que el tipo habría pensado sería una extravagancia típica de un rico) y le hice entender con un gesto que se quedara con el cambio. Cuidé no hablar, pues el acento me habría delatado. El hombre muy agradecido con la propina, que superó sus expectativas, hizo la pantomima de salir a guiar el vehículo en una carretera totalmente vacía. Luego me arrepentí, seguramente recordaría mucho más ese gesto generoso, si no le hubiera dado nada. Pronto volví a mi problema, ella, quien seguía recostada en la silla. Estacioné el auto a un lado del camino y sin salir de él, ya que esos parajes son muy peligrosos por la cantidad de ladrones agazapados en las sombras, como pude pasé el cuerpo para atrás dejándolo en el suelo. En un momento había pensado en tirarlo en una calle mal iluminada esperando que un camión o un autobús lo atropellaran, dificultando así su examen pero alguien podía notarlo y reportar a la policía. Me quité el disfraz del rostro y decidí llevar el cuerpo hasta mi casa. La carretera desolada pronto desembocó en una avenida transitada, que me hizo sentir paradójicamente más tranquilo. En esta ciudad nunca había visto un retén policial, pero cuando las cosas marchan mal todo puede ocurrir, doblando una esquina, me encontré justo con la mirada de un policía que me señalaba detenerme para una revisión. Rápidamente busqué en la guantera mi identificación, antes que el oficial me dijera algo, le presenté el carné mientras le decía: "Soy diplomático, Primer Secretario de la Embajada...". En fin, el hombre al parecer vio la identificación y echó un vistazo al vehículo por fuera, los vidrios negros, cuidaban de revelarle el contenido. "No hay problema señor, vaya con cuidado". Le agradecí el comentario y continué la marcha. Mi condición me había salvado, pero al mismo tiempo sabía que me dejaba en evidencia hacia el futuro. Casi sin darme cuenta, llegué al conjunto cerrado donde resido, cuya principal característica es la tranquilidad, la mayoría de vecinos son personas mayores que se acuestan temprano. Dentro de la casa, me sentí a salvo. Fui directo al refrigerador y me serví un vaso de agua que bebí sin parar. Luego traje el cuerpo a la cocina, volví a desnudarlo, en un momento pensé que era una lástima que no estuviera vivo para hacerle el amor de nuevo. Lo consideré varias veces y aunque creí no tener el valor suficiente, sabía que no podía dejar ningún tipo de evidencia, por eso lo hice.

Pasaron varios días en calma, cuando la noticia apareció como todas, de manera escandalosa y grandilocuente. Primero fue un periódico, luego los telenoticieros y emisoras de radio, contribuyeron a crear el escándalo, que parecía más una novela de mal gusto que un hecho de real interés colectivo.

Los restos calcinados, de lo que fue una bella mujer, aparecían en los lugares más inverosímiles de la ciudad, algunos jamás fueron hallados, pero poco a poco conformaron un dramático rompecabezas que luego de varias semanas fue armado, compaginando el macabro hallazgo con las denuncias de desaparición de aquella joven universitaria, quien costeaba un tren de vida lujoso, vendiendo su cuerpo por varios cientos de dólares, precio que no todos los ciudadanos de aquel país podían pagar.

La desaparecida trabajaba en una agencia de damas de compañía, que anunciaba los servicios de sus modelos por Internet, en una página donde aseguraban total seguridad y discreción. El contacto se podía hacer por correo electrónico o por teléfono llamando a un número celular y se concertaba la cita con el caballero de turno; cuando la chica negociaba las condiciones, se reportaba para dar los datos a la agencia. Nunca habían tenido problemas de abuso o violencia, era la primera vez.

Los investigadores revisaron las llamadas efectuadas al celular, cuyo receptor jamás se encontró; el día de la desaparición y muerte la última llamada la recibió de un teléfono público. Era evidente que el asesino, había planificado cada detalle con sumo cuidado, sin embargo, ya se sabía que era un extranjero refinado, pues la muchacha se lo comentó al dueño de la agencia cuando se reportó desde un restaurante donde él la citó. Allí los camareros, no recordaron ningún detalle importante, alguno reconoció a la mujer por las fotografías, pero nadie se había fijado en su acompañante. La investigación, a paso lento continuaba.

Mientras tanto, en casa del diplomático, su joven esposa hacía comentarios aislados sobre la barbaridad del crimen y lo salvajes que podían ser algunos criminales locales. En las reuniones sociales a las que asistía el matrimonio, el tema del asesinato salía recurrentemente cuando no había otra materia de conversación, el hombre aparentaba una frialdad consumada. Sin embargo, en el trabajo se notaba distraído, sus compañeros lo veían taciturno, incluso el embajador le llamó la atención por la omisión de un dato importante en el discurso que le preparó, con motivo de un aniversario patrio. Él sabía que era cuestión de tiempo, tiempo para que el caso se olvidara y engrosara los numerosos archivos de los delitos amparados por la impunidad, o tiempo para que lo descubrieran, como en efecto ocurrió.

Sucedió a la salida de su casa para la Embajada, la policía había escogido el momento y el sitio adecuados, para evitar molestias y explicaciones innecesarias. Ante el aviso del oficial sobre su detención, el diplomático alegó su cargo, rango y nombró la *Convención de Viena* de un año que no recordó, la inmunidad que lo cobijaba… el policía soltó una risa burlona y le contestó que para su delito no había inmunidad ninguna, que su discurso estaba bien en las películas de televisión. De todas maneras, se le permitió llamar a la Embajada, en donde ya estaban enterados pues, el Comandante de la Policía había ido personalmente a hablar con el embajador, quien ante las pruebas presentadas y los testimonios, accedió al arresto.

Todo se descubrió de manera fortuita, la búsqueda en los moteles ubicados en los suburbios de la ciudad, el vigilante que recordaba como algo notorio la fuerte propina recibida por parte de un hombre silencioso, en la cual se destacaba aquel billete extranjero que había decidido guardar por parecerle llamativo. El policía del retén que igualmente recordó muy bien la identificación del diplomático, cuya nacionalidad coincidía con la del país de origen del billete de la propina. El teléfono público desde donde se habían hecho las llamadas, a una cuadra de la Embajada y por último, el dueño de una tienda de disfraces que recordaba los lentes falsos y el bigote vendidos al simpático extranjero con quien sostuvo una interesante charla.

El embajador de todas maneras envió al cónsul encargado de los casos jurídicos con un abogado local para atender a quien, a esa hora era señalado por los medios de comunicación nacional e internacional como el responsable del publicitado brutal crimen. La indignación era total, el cónsul así se lo hizo saber y en el cuarto de la Comandancia de la policía donde le permitieron entrevistarlo, le pedía que fuera sincero.

-Pero es cierto, ocurrió tal como se le conté desde un comienzo. No lo niego, en mi desesperación por ocultar mis huellas, corté y quemé el cuerpo, luego en días sucesivos lo dispersé por toda la ciudad, así como las cosas personales de la chica, pero créame: ¡No la maté!

Sin embargo, no era posible creer, que el mayor delito de aquel hombre era haber deseado tener sexo con una mujer del país donde estaba acreditado, para comprobar lo que se decía sobre la pasión y desenfreno de sus gentes. Para ello, aprovechó las vacaciones de su esposa quien se ausentaría por varias semanas, estudió la forma de hacerlo con la mayor discreción, incluso ideó lo del disfraz para no ser reconocido y ubicó los moteles más distantes, así como la agencia de modelos y masajistas que prometía mayor discreción.

Todo había salido a la perfección, la verdad había disfrutado el acto, hasta el momento en que la muchacha se desplomó en la cama, víctima, quién iba a saber, de un infarto o algo así, pero muerta, al fin y al cabo. Luego la estúpida idea del hombre de simular un asesinato y una posterior desaparición, para que ni su mujer ni sus colegas, ni nadie pudiera señalarlo como un inmoral que había empañado la imagen de su país en el exterior. Verdaderamente era algo extraño, difícil de explicar con palabras, inefable.

AL FINAL NO TODO ES BASURA

Mi trabajo transcurre entre la basura. Soy un oficial de inteligencia, más exactamente analista de información, desde hace algún tiempo se me designó como misión monitorear las actividades de la Embajada de Colombia. En otras palabras, soy un espía, pero a diferencia de lo que se piensa por la televisión o el cine, mi trabajo no es ni emocionante ni glamoroso, por el contrario, transcurre entre despojos y desechos.

Nuestra operación consiste en reemplazar al camión de la compañía de aseo municipal que pasa por la calle de la Embajada, tres veces a la semana, transportamos la basura a una bodega de nuestra entidad, en donde nos dedicamos a examinar todos los desperdicios de la misión diplomática, tratamos de hallar documentos que pudieran revelar planes de los colombianos, en contra de nuestra seguridad. El proceso no es fácil ni agradable, es pasar la mayor parte del tiempo entre suciedad y malos olores. Durante estos meses he venido desempeñando esta labor paciente, que implica no tener prejuicios y agregaría no tener vergüenza. He preparado concisos informes al respecto.

Informe No.1
Luego del primer mes de recolectar la basura de la embajada, he logrado reconstruir la mayoría de los documentos que se han recuperado. Ha sido un proceso largo y complejo, no ha sido fácil limpiar los pedazos de estos papeles, muchos estaban finamente destruidos, lo que alimentaba nuestra esperanza de hallar algún indicio, alguna prueba de injerencia, espionaje o amenaza.
Reconstruir estas páginas, encajarlas y pegarlas, ha sido

literalmente enfrentarse a un rompecabezas. Luego del análisis debido, concluyo que se trata de copias de informes internos de administración, la mayor parte de los papeles proviene de la oficina consular, cuadros estadísticos sobre los trámites del mes, formularios mal diligenciados por usuarios, formatos con los requisitos para visas y trámites de nacionales colombianos como pasaportes, documentos de identificación llamados cédulas y registros de nacimiento, así como otros trámites notariales. En cuanto a la parte diplomática he encontrado los informes de actividades sociales y culturales. Infiero que el cónsul tiene demasiado trabajo en comparación al del embajador...

Al comienzo, me parecía una verdadera operación de inteligencia, sin violencia involucrada, además ajustado a nuestras limitaciones presupuestales, pero que podría darnos importantes datos sobre las actuaciones de estos diplomáticos en nuestra patria y sus malignas intenciones.

Informe No.2
Observo que estas personas extrañan su país, aparecen muchos empaques de artículos alimenticios con la leyenda *"hecho en Colombia"*, al parecer todos son legales, pero podría iniciarse una investigación para saber si se trata de un caso de contrabando o indebida utilización de la franquicia diplomática en la aduana. Al parecer la mayoría de los empaques corresponden a productos como galletas, dulces de todo tipo, bebidas gaseosas y jugos de frutas cuyo sabor desconozco.

En cuanto a los documentos, continúa la misma serie de papeles de la parte consular. Sobre el embajador, he logrado recuperar copia de su informe político y económico, del cual anexo copia. Si se me permite una observación al respecto, dicho informe es simplemente la reproducción de varios editoriales de nuestros periódicos, no hay ningún comentario adicional o interpretación que pueda entenderse como una amenaza. En otros documentos de índole personal, sólo se encontraron referencias familiares, que coinciden con las comunicaciones telefónicas interceptadas. Descarto la presencia de cualquier tipo de código secreto.

La única conclusión del mes anterior me lleva a pensar que los colombianos consumen muchos carbohidratos, aunque también encontré algo interesante, una serie de cartas personales del embajador, que delatarían una relación extramatrimonial. Aunque se dice que los espías no tenemos escrúpulos, en mi caso, aun guardo el límite ético, no pienso entregar estos documentos a mis superiores, me repugnaría que el embajador pudiera ser chantajeado con esta información. Si los conservo será para utilizarlos como argumento para un cuento.

Deseaba estudiar literatura, pero mis padres no me apoyaron, decían con razón, que de la literatura no se vive, es cierto, un escritor debe vivir para la literatura, algunos genios pueden subsistir con holgura de su arte, los demás se conforman con ser leídos por otros aspirantes a escritores. Al final ingresé al Organismo de Seguridad, convirtiéndome en un funcionario público respetable, con la ventaja de trabajar en secreto, con un futuro seguro y estable. Decisión prudente que tranquilizó los ánimos de mi familia. Durante la preparación en la Academia, me demostré tremendamente torpe en lo operativo, pero con cierto talento para el análisis, por ello, fui asignado a la División de Inteligencia.

Después de varios meses de estar separando desperdicios orgánicos y otras inmundicias de las páginas rotas, experimento cierto desasosiego, no hay datos nuevos, ni siquiera sobre la supuesta aventura del embajador, que bien pudo ser sólo un mal entendido, un galante intercambio epistolar con una joven que había expresado admiración por su país.

Durante el último mes hice un descubrimiento revelador, parece que en la embajada hicieron limpieza, desecharon una serie de revistas colombianas de todo tipo. Ninguna es de carácter político o militar, se trata de semanarios informativos, magazines de variedades y actividades sociales, allí he reconocido a muchos de los rostros de las telenovelas que inundan nuestros canales de televisión, pero también he encontrado publicaciones literarias, algunas un poco afectadas por la humedad pero creo que se pueden salvar, hay una pequeña colección de revistas de cuento y poesía, la intensidad de las palabras justifican plenamente la precariedad del papel. Gracias a este hallazgo he descubierto nombres que ahora considero imprescindibles: José Asunción Silva, Jorge Isaacs, Aurelio Arturo, León de Greiff, Germán Espinosa, Álvaro Mutis, Laura Restrepo, Héctor Abad Faciolince, Piedad Bonnett, Juan Gabriel Vásquez, otros tantos.

He decidido recomendar la suspensión de la operación al no encontrar evidencias preocupantes sobre las actividades de la Embajada. Continuaré en la entidad, pero pienso tomar aquel taller de poesía en la *Universidad Central*. Aspiro poder viajar algún día a Colombia, conozco a la perfección su sistema de visas, no en vano he aprendido tanto sobre ese país.

Al final de cuentas, no todo fue basura.

UNA LARGA CAMINATA

La invitación llegó dentro de la correspondencia habitual de la embajada, confundida entre facturas, acuses de recibo de oficios rutinarios y alguna solicitud imposible de un compatriota expatriado. La embajadora arqueó las cejas, entornó los ojos, verificó la fecha en el calendario, era el próximo domingo. El organismo internacional invitaba a una marcha, mediante la cual se buscaba luchar contra el hambre y la pobreza en el mundo, era una actividad que se repetiría en todas las capitales del orbe, buscando recursos para enfrentar esos "flagelos que azotan buena parte de la humanidad", según rezaba la convocatoria.

Al mismo tiempo, en un barrio marginal de Ciudad Bolívar, otra mujer leía con interés el artículo de un periódico de ayer que hacía parte de la decoración de su humilde vivienda. Así se enteró que el domingo habría un evento especial con mucha gente, una caminata que terminaría en el Parque Nacional, ese día la mujer quien era vendedora ambulante, debería tener más agua disponible, así como bebidas gaseosas, dentro de su oferta habitual de productos para los transeúntes consumidores. Ella trabajaba todos los días en los alrededores del parque, pero esa fecha sería especial.

La excelentísima y plenipotenciaria señora embajadora, era una mujer disciplinada y seria. Durante la semana trabajó febrilmente en la oficina, aunque fuera función del cónsul, ella misma elaboró la respuesta al migrante que solicitaba ayuda para legalizar su situación, también preparó el informe político, mientras revisaba la lista de invitados al almuerzo en el Club Social. Compró un vestido deportivo, una gorra elegante casual y unos zapatos tenis para soportar dignamente la marcha del domingo. Dejó en libertad a los funcionarios que la quisieran acompañar, nadie confirmó, ella sabía que el domingo era el día sagrado para la familia, así que seguramente asistiría sola.

La esforzadísima y constante señora vendedora ambulante, era una veterana en su oficio, madre soltera cabeza de familia, tenía un hijo que ya estaba en la universidad becado, por sus excelentes notas de colegio. Ella había pasado por duras épocas en las que había aguantado hambre, pero su hijo nunca. A punta de vender dulces, galletas, cigarrillos y bebidas gaseosas, pudo brindarle estudio a su muchacho, quien era su gran logro y orgullo. El joven a pesar de la presión del medio era juicioso y dedicado, incluso trabajaba en su tiempo libre, como ayudante de carpintería y le colaboraba con los gastos cotidianos. A ella le causaba gracia que los ricos organizaran una marcha contra la pobreza, ella sí sabía del tema.

La embajadora vistió su ropa deportiva y se sintió algo advenediza, extraña dentro de semejante vestimenta, ella solía decir que su deporte favorito era la pesca, porque lo podía practicar mientras leía un libro, con un cigarrillo y un whisky en la mano, algo placentero sin sudores innecesarios. Caminar no iba con su carácter, pero ella cumplía sus compromisos. El conductor ya la esperaba con la camioneta encendida. A pesar de ser domingo, el tráfico estaba pesado en la dirección donde se iniciaría la caminata, seguramente la diplomática llegaría tarde.

La vendedora había recorrido ya dos veces toda la extensión de la caminata, repasando los rostros de los marchantes, pero el esfuerzo estaba siendo recompensado, las ventas triplicaban las de un domingo cualquiera, ahora iba en dirección a la cola de la fila, donde se cerraba la marcha.

La embajadora alcanzó a fumar un cigarrillo dentro del vehículo, estaba nerviosa, no le gustaba llegar tarde a ninguna cita, el conductor intentó dejarla lo más cercano posible al inicio de la marcha, pero las vías estaban cerradas, así que quedaron de encontrarse más tarde en cierta esquina del *Parque Nacional*, donde terminaría el evento. La marcha ya había empezado, así que la embajadora comenzó a caminar con paso rápido, intentando llegar a la cabeza de la larga fila, con el fin de saludar a los organizadores y cumplir el compromiso. Pero la falta de costumbre, el mal estado físico y la altura de la ciudad, se conjugaron en el organismo de la diplomática, quien de repente se sintió mal, con un fuerte mareo y mucha sed.

La vendedora se percató del incidente, vio como la mujer se desplomó suavemente, como en cámara lenta ante la indiferencia de los últimos caminantes, nadie se aproximó a colaborar, incluso podía jurar que algunos fingieron no ver la situación, pero ella nunca había sido indolente ante las tragedias ajenas, así que rápidamente acudió en su ayuda.

La embajadora sintió despertarse de un extraño sueño, se vio sentada en un andén, mientras otra mujer le ofrecía una botella de agua, que comenzó a beber lentamente, agradeciendo el gesto de solidaridad de aquella coetánea y espontánea auxiliadora. La vendedora se dio cuenta que aquella mujer era extranjera por su acento, la contemplaba con curiosidad, era más o menos de su edad y a pesar que vestía con ropas deportivas, se notaba su elegancia y distinción.

Después de un breve descanso, la embajadora llamó por celular a su conductor y le pidió que la recogiera en aquella calle. Mientras tanto, comenzó a charlar desprevenidamente con quien le había prestado ayuda. De esta manera, conoció la historia personal de la vendedora ambulante, de un feliz y remoto pasado de infancia en una lejana comarca, fugaz momento dichoso interrumpido por la violencia política que la convirtió en una niña desplazada, quien llegó con su familia a esa fría y gigantesca ciudad en donde se convirtió en mendiga por necesidad. Luego llegó el amor, con sus promesas y sueños, encarnado en un joven con más deseos que realidades, quien murió asesinado en una riña callejera. Así se convirtió en viuda temprana, con un bebé y luego en vendedora profesional, cuando decidió tomar el rumbo de su vida, enfrentado el reto de cada día, con el objetivo de sacar adelante a su hijo, la verdadera justificación de su existencia.

La embajadora no se conmovía con facilidad, pero estaba segura que aquella conversación la había concientizado mucho más que la frustrada caminata. El conductor llegó y presuroso bajó a ayudar a su jefa, ella buscó en su cartera un billete que le pasó a la otra mujer, solicitándole que lo recibiera, por todas las ventas que había dejado de hacer en aquel rato, también le pidió que le dijera a su hijo que pasara a la embajada con una hoja de vida, casualmente ella estaba buscando un asistente administrativo y luego de aquella charla, el muchacho ya tenía las mejores referencias.

La vendedora se emocionó muchísimo, más que con el dinero con la idea de pensar en su hijo trabajando en una embajada extranjera, la mujer se santiguó y siguió su camino en dirección al sitio donde se concentrarían los caminantes contra el hambre. La diplomática en la camioneta, bajó el vidrio ahumado, estuvo tentada a encender un nuevo cigarrillo, pero no lo hizo, le pidió al conductor que le recordara venir los domingos al parque, le convenía caminar un poco. La mujer sabía que en la mañana siguiente, escribiría un par de oficios, uno excusándose con los organizadores de la marcha por motivos de salud y el otro solicitando urgentemente a su Cancillería, la contratación por término indefinido de un asistente administrativo local.

El próximo domingo volvería al parque a caminar y conversar.

LA BANDERITA

El Señor Embajador de Colombia salió de la residencia de su colega de México, quien había invitado a los representantes del grupo latinoamericano a un almuerzo de trabajo. El conductor lo esperaba con la puerta abierta del asiento trasero. El calor era impresionante, a cuántos grados de temperatura se encontraban, preguntó el embajador, a 47 grados centígrados, contestó el chofer en su particular inglés, el simpático y puntual Omar.

El automóvil comenzó a deslizarse suavemente por la poco transitada calle que conducía a la embajada. El diplomático colombiano, se fijó en la banderita azotada por el sol y el viento cálido, propios del duro clima del desierto árabe, era la manera como los colores se perdían. Para sus adentros pensó, que era importante cambiar la bandera, estaba descolorida.

El pensamiento fue interrumpido por una sucesión de acontecimientos, la sombra vertiginosa de una motocicleta, un ruido seco como de un imán pegándose en la puerta metálica. El freno intempestivo del auto, Omar abriendo su puerta y en medio de gritos que no entendía el diplomático tirándolo hacia fuera, llevándolo como un muñeco que todavía aturdido por lo que pasaba no atinaba a decir nada, la corta carrera y luego la explosión que afortunadamente, aparte de una sordera momentánea no produjo lesiones a los dos hombres. Después la gran pregunta.

A lo lejos escapaban, dos hombres en motocicleta, quienes, en medio del nerviosismo, creían que habían cumplido con éxito la tarea de atentar contra el embajador de Rusia. Todo porque la banderita del auto de Colombia, descolorida se había tornado tan parecida a la rusa. Cosas de la logística diplomática.

LOS ANTOLOGISTAS

Él conocía perfectamente el proceso de las rosas, cada paso.

Sabía que eran cultivadas en las afueras de Bogotá, la capital colombiana, en grandes fincas esparcidas a lo largo de una sabana, fértil y rica, uno de los mejores suelos del mundo empleado en la urbanización creciente y arrasadora, así como, en el cultivo multicolor de diferentes flores, especialmente claveles y rosas. Las mismas que luego, a través de una compañía intermediaria eran llevadas cuidadosamente hacia Estados Unidos, donde parte de la exportación satisfacía el mercado interno, pero otra gran cantidad se revendía a los países asiáticos y europeos como producto norteamericano. Él, como holandés, era un experto. Podría decirse que se trataba de un antologista en sentido literal.

Ella, por su lado, sabía el recorrido de las flores, pero no el comercial sino el biológico. Reconocía cuando tenía ante sí un excepcional ramo de rosas. Admiraba no sólo el color, textura y número de los pétalos, también la consistencia, forma y presentación de las espinas. Pero lo que más valoraba era el olor. Ella, danesa de nacimiento, perteneciente al partido verde cuyo emblema era una flor rematada en puño, era catadora de rosas, penetraba su nariz en el seno del sépalo, hurgando hasta robar el último fragmento del aroma a las tierras suramericanas. Era su droga personal, una *rosadicta*, que transformaba su nariz en abeja. En una palabra, también era antologista.

Él la amaba profundamente, tanto que no soportaba la idea de estar lejos de su ser. Acostumbró a regalarle flores cuando no había motivo ni fecha especial. Incluso olvidó el día exacto de su aniversario, así que lo celebraba continuamente. Él, era un hombre de éxito, pero anónimo y temía constantemente que la carrera política de Ella estropeara la relación. El miedo se convirtió en pánico cuando Ella decidió ingresar a la vida diplomática. Él no era un hombre con espíritu nómada, se proclamaba sedentario por naturaleza, además tenía un trabajo que colmaba sus expectativas y le obligaba a estar anclado.

Ella lo amaba profundamente, tanto que podía irse o dejarlo ir si de por medio estaba la felicidad de cada uno, o de los dos. Siempre fue un espíritu libre, no podía darse el lujo de permanecer en un sitio durante mucho tiempo y la diplomacia le ofrecía la posibilidad de viajar, conocer lugares y personas diferentes. Quizás un día pudiera ver florecer sus preciosas rosas en los andes colombianos, en lugar de intentar preservarles la vida por unas horas en el jarrón de su habitación. Las rosas que siempre llegaban humedecidas, como si hubieran sido cortadas con el rocío de la madrugada.

Ella comenzó a sentirse mal, se vio afectada por una extraña enfermedad que atacó su sistema cardiorespiratorio y tuvo el mismo efecto de un cataclismo, inesperado y devastador. Estuvo una semana en el hospital hasta la mañana en que murió.

Él supo llevar la pena, pidió los períodos de vacaciones acumulados en su trabajo y la acompañó cada día. Como de costumbre, le llevó las más fragantes y frescas rosas que pudo encontrar. Los amigos comunes pensaron que no aguantaría el dolor de la pérdida, pero tuvo suficiente dignidad para superarla.

La autopsia reveló la causa de la muerte, una mezcla de sustancias venenosas que de manera progresiva había deteriorado las vías respiratorias y que sin duda se encontraba en las flores. Comenzó entonces una campaña para prohibir la importación de las rosas colombianas, algunos periodistas propagaron diferentes versiones, se dijo que las compañías explotadoras obligan a pobres campesinos a trabajar como esclavos para mantener los niveles de venta. Igualmente, no tienen escrúpulos a la hora de utilizar fungicidas, pesticidas y demás venenos contra las plagas, que Ella aspiró en pequeñas pero deletéreas dosis.

Ella había amado las rosas, y seguramente habría reaccionado en contra del escándalo que beneficiaba a los productores locales de flores, dejando fuera del mercado a uno de sus más fuertes competidores. Él, en cambio, empleó toda su influencia y poder económico en denunciar las prácticas antisanitarias que le había costado la vida a su amada. Previamente destruyó todas las evidencias en la cocina de su apartamento, convertida en laboratorio temporal, donde aplicaba con diversos métodos e instrumentos, los venenos que Ella respiró con tanta ansiedad.

Él no se considera un criminal, sólo un enamorado que realizó el asesinato perfecto.

Él sigue llevándole a Ella rosas (ecuatorianas) al cementerio.

LA RECETA CIRCULAR

El problema era conseguir los ingredientes del ajiaco; ella nunca había sido experta cocinera, de hecho, siempre había tenido cierta aversión al cuarto de cocina, pero durante los últimos dos años, la necesidad de sobrevivir al vivir sola, la obligó a aprender lo básico en gastronomía elemental.

Durante su estancia nunca había preparado una sopa, pero gracias a Internet ya había conseguido la receta y no le parecía tan complicada su preparación. Luego de visitar varios supermercados latinos, llegó a la conclusión que nunca encontraría ni las *guascas* ni la *papa criolla*, dos ingredientes fundamentales, las primeras unas hojitas de una planta que sólo se encuentra en el altiplano cundiboyacense, del centro andino colombiano. La papa criolla, esa particular, pequeña, pecosa y amarilla papa colombiana, con su exquisito sabor. Aunque no fuera lo ideal, emplearía otros tipos de papas y algún condimento que disfrazara el sabor, de resto, los demás ingredientes eran fáciles de conseguir, el aguacate y el arroz que acompañaban la sopa, la crema de leche, las alcaparras, el pollo, la mazorca que en aquel país recibía el nombre de elote, aunque era consciente que sí había diferencia, pues el elote tenía más bien un sabor dulzón.

Sabía que la mejor forma de conquistar a un hombre era a través del estómago. Los hombres eran más básicos, de una naturaleza más primigenia y sensorial. A diferencia de las mujeres quienes tienen un conducto directo entre el oído y el corazón, por lo cual, usualmente la conquista femenina se da por medio de la palabra, en el caso del hombre, uno de los caminos seguros para la seducción atravesaba el sentido del gusto, en conexión directa con la nostalgia infantil. Ella lo sabía, apeló a la melancolía que significaba estar fuera de la patria.

Los dos se habían identificado en el metro, ella había reconocido en la gorra deportiva azul, el emblema de *Millonarios*, el equipo de fútbol bogotano, mientras él notaba la pulsera tricolor, amarilla, azul y rojo inconfundible. Luego de un cruce de miradas cómplices y un gesto divertido que terminó en sonrisas sin prevenciones, tuvieron la misma sensación, algo así como un ¿Dónde te habías metido?"

Lucía era estudiante, becaria en un programa de intercambio. Mauricio era diplomático de carrera, segundo secretario en la Embajada, dedicado a temas administrativos. A pesar de lo contradictorio que pudiera resultar para su oficio, era tímido y reservado, no le gustaba entrar en mucha confianza con las personas, así fueran compatriotas, creía que era muy difícil desligar la persona del cargo, pensaba y con algo de razón, que la gente se acercaba a él, por su ocupación y con algún interés. Pero con Lucía fue diferente, comenzaron a salir y se maravillaban al descubrir las coincidencias en lo fundamental y la tolerancia en lo insignificante.

Mauricio llegó puntual, llevando una botella de vino tinto. Se dieron un corto beso…

Lucía no había recordado la recomendación de su madre, "las personas de mal carácter deben mantenerse alejadas de la cocina", pero luego la comprendería. El humor puede ser determinante a la hora de preparar cualquier alimento. Por ello, buena parte de su vida de casados, prefirieron los restaurantes o la comida a domicilio.

LA JORNADA DE UN DELEGADO INTERNACIONAL

Ocurrió que el joven diplomático, quien por esos extraños giros del destino había quedado encargado de negocios de la embajada, recibió una encomienda compleja, representar a Colombia en la *Vigésima Sexta Reunión del Comité del Codex Alimentarius sobre Residuos de Medicamentos Veterinarios en los Alimentos*. Sería su primera experiencia en una reunión multilateral, lo que era emocionante y pavoroso al mismo tiempo.

Todo había pasado demasiado rápido en la vida de aquel segundo secretario, solo hasta hace un par de meses, era el tercer diplomático en jerarquía en esa misión en aquel país del sudeste asiático, encargado de las funciones consulares, pero el embajador renunció al ser nombrado Ministro de Comercio Exterior y el segundo a bordo, un colega de carrera diplomática con rango de embajador, dos semanas después fue trasladado en su alternación normal a Colombia y él quedó provisionalmente al frente de la embajada como encargado de negocios.

Afortunadamente se trataba de una embajada pequeña, sin demasiado movimiento, especialmente en el tema consular dado que la comunidad colombiana no era numerosa, aunque comparada con otros países latinoamericanos, resultaba representativa, pues está demostrado que, con la vocación de ave migratoria del colombiano, se puede encontrar compatriotas en los rincones más insospechados de este ancho mundo. Su nuevo cargo, en ocasiones se prestaba a confusión, pues cuando se presentaba como encargado de negocios ante los pocos colombianos que ocasionalmente visitaban la misión, para hacer trámites, algunos creían que se trataba del agregado comercial, por aquello de los negocios.

A pesar del abrupto cambio, la vida transcurría tranquila para el joven segundo secretario, afortunadamente la asistente del embajador, Paola, una colombiana que llevaba treinta años en ese país y quien prácticamente era la dueña y señora de la misión diplomática, estaba acostumbrada a realizar todo el trabajo, pues el embajador recién ido prácticamente iba un par de horas al día, solo para firmar los documentos que fueran menester, de resto pedía que las llamadas urgentes o importantes (nunca hizo claridad sobre la diferencia de estas dos categorías), se las pasaran a su celular o a la residencia, en donde al parecer se sentía más cómodo despachando.

Aquel viernes el encargado de negocios, era el único en la misión, pues estaba enviando los informes de su gestión consular, que puntualmente debía remitir en los cinco primeros días hábiles. Estaba a punto de abandonar la oficina, pero decidió contestar la llamada que repicaba en el teléfono IP que comunicaba directamente con el Ministerio en Bogotá, el número de la extensión no era conocido y no aparecía el nombre del interlocutor, pero de todas formas decidió contestar, a pesar de la conocida regla universal que indica que una llamada a última hora del viernes, solo puede significar problemas.

Escuchó una exclamación de alivio, al otro lado de la línea que casi fue un grito. Era la secretaria de la Viceministra de Asuntos Multilaterales, que agradecía que le hubiera contestado, pues pensaba que, por la diferencia horaria, quizás fuera imposible localizarlo a tiempo. Le pidió que esperara un momento, pues la Viceministra quería hablar con él, así ocurrió tras varios minutos de espera, que le alcanzaron para elaborar varias teorías sobre esa llamada tan importante.

La Viceministra, luego de un corto saludo formal, le comentó que desde el próximo lunes esa ciudad sería la sede de la reunión del *Codex Alimentarius*, nombre que él jamás había escuchado en su vida, pero no se atrevió a preguntar, pues ella lo dijo con un tono como si asumiera que era algo conocido por todo el mundo. Le llamaba porque el delegado que viajaría por Colombia, un ingeniero de alimentos, alto funcionario del Instituto Nacional de Vigilancia de Medicamentos y Alimentos, había sufrido una calamidad doméstica que le impedía tomar el vuelo programado.

Así las cosas, la única opción de representación de Colombia en esa importante reunión internacional era nuestro encargado de negocios, la Viceministra lo dijo de una manera que el joven diplomático se sintió efectivamente de su propiedad personal. Ella reconocía que era un tema supremamente técnico y especializado, pero él no tenía por qué preocuparse, pues le enviarían la posición del país en un par de temas controversiales, de resto, le pedía simplemente tomar nota y estar siempre sentado en el puesto de Colombia, para que se viera la representación nacional.

Por el momento, solo le recomendaba diligenciar un formato que le enviaría en unos minutos otra juiciosa funcionaria de la Dirección de Asuntos Multilaterales, para que él quedara formalmente registrado. De igual forma le remitirían los comentarios de Colombia frente a los temas complejos, así como un manual de buenas prácticas en la participación de los delegados al interior del *Codex Alimentarius*.

Así fue, recibió todos los insumos y formatos que cuidadosamente diligenció y el fin de semana se sumergió en la lectura, que lo dejó algo menos ignorante, sobre semejantes temas tan densos. Descubrió que se trataba de algo muy importante para la humanidad, un código que había sido establecido por la FAO y la OMS, a instancias de la OMC, todo para determinar los riesgos y los límites de los productos veterinarios en los alimentos. Durante sábado y domingo, se sumergió en la lectura de aquellos documentos, el manual era un texto que, a pesar de sus 120 páginas, resultaba muy interesante. Aplazó la lectura de la biografía del Jeque Zayed, el fundador de los Emiratos Árabes Unidos, que un colega diplomático había escrito y se había convertido en un inesperado '*bestseller*' en Colombia.

En la mañana del primer día de la reunión internacional todo fue vertiginoso, los discursos de inauguración del presidente del Comité, así como representantes de la FAO y la OMS, el encargado de abrir oficialmente fue el Ministro de Salud del país anfitrión, luego invitaron a un *coffe break*, en donde aparecía todo un menú de aperitivos, frutas, bizcochos y exquisiteces de la gastronomía local, reforzando la fama de buenos anfitriones de aquella pequeña nación asiática.

Luego comenzó la primera sesión de la plenaria, conforme el programa señalado por el presidente, un veterano exdiplomático keniata, doctor en medicina y experto en alimentos, la agenda se revisaría tema por tema. El delegado colombiano, sintió la normal necesidad de acudir al baño, pero recordó la sentencia de la viceministra, no podía dejar el puesto de Colombia solo en ningún momento, además

nunca se sabía cuándo podía surgir un tema importante.
Afortunadamente los idiomas oficiales del Comité eran
inglés, francés y español, pues con una materia tan
excesivamente técnica se agradecía la versión en castellano,
así que decidió escuchar todo el tiempo a los intérpretes
simultáneos que cada tanto se turnaban en ese trabajo tan
agotador para la mente.

La vejiga empezó a dolerle, pero el delegado colombiano
hizo gala de una resistencia a toda prueba y en silencio
aguantó de manera estoica, hasta que el presidente,
felicitando a la asamblea, invitó a retomar las tareas en la
tarde luego de haber despachado los primeros cuatro temas
de la agenda, sin mayor debate. Desde la secretaría técnica,
informaron las opciones de restaurantes en el hotel en donde
se llevaba a cabo la reunión, con un descuento especial para
los delegados. Así se levantó la sesión de la mañana. El
delegado colombiano salió corriendo al sanitario de
hombres. Seguro la viceministra se habría sentido orgullosa
de semejante prueba de responsabilidad patria.

A la hora del almuerzo, el diplomático se dirigió a la
embajada, para firmar un memorando que Paola debía
enviar al Ministerio, sobre una factura de la compra de una
cajita de té, que debía aclararse si podía asimilarse a las
infusiones de hierbas aromáticas, que solo con el café,
estaban autorizadas por la Dirección Administrativa y
Financiera, pues de lo contrario, el encargado de negocios
debía reintegrar, los cuatro dólares que costaba la caja de té.
De igual modo, autorizó un pasaporte que Diego, su
asistente para los trámites consulares, le había preparado. A
la salida, pasó por la cafetería vecina, en donde consumió un
sándwich de pavo con queso, y no pudo evitar pensar si no

habría algún residuo veterinario en aquellos alimentos, que fuera tóxico o cancerígeno, esperaba que el Comité en este caso, hubiera hecho bien su trabajo.

Después del almuerzo, se retomó la agenda en el punto quinto, la Secretaría Técnica del Comité proponía que un medicamento utilizado en algunos países del mundo para la crianza de animales, fuera examinado por la Junta Científica del organismo, lo que permitiría que en el futuro se determinara con exactitud los riesgos y los límites razonables para su consumo y por ende su comercialización.

La puesta en escena había cambiado completamente, del inicio plácido y fluido de la mañana se pasó a una polémica sobre el mencionado medicamento veterinario que en muchas partes del mundo se utilizaba en el crecimiento de animales domésticos y cuya inocuidad no resultaba muy clara, porque se pensaba podía tener efectos nocivos en los consumidores finales, pero sin tener todavía estudios científicos determinantes. El presidente dejó a consideración de la plenaria el tema y se sucedieron las intervenciones de los países, la mayoría apoyando la propuesta ante el vacío de datos confiables que permitieran una discusión de fondo sobre aquella sustancia. Hasta que llegó el turno del jefe de delegación de un país europeo, quien, en un tono pausado y tranquilo, pero cada vez más firme y decidido fue elaborando un discurso genérico sobre los peligros de este tipo de medicamentos no controlados, los cuales deberían prohibirse de plano, por lo cual no aceptaba la propuesta de la secretaría. Hubo algunas voces a favor de aquella posición y pronto se establecieron dos bloques, cuyas posiciones fueron repitiéndose en las siguientes horas.

En medio de esta escena repetitiva, el delegado colombiano aprovechó para fijarse en sus ocasionales colegas, por ejemplo, un delegado de los Balcanes que evidentemente estaba dormido, con el agravante de estar en primera fila a la vista de la mesa directiva. Le llamó la atención que había delegaciones latinoamericanas numerosas como Brasil y Chile, demostrando una fuerza importante e incluso Costa Rica que tenía dos delegadas, quienes intervenían con frecuencia y en todos los puntos de la agenda.

Cuando empezó a sentir cansancio, de pronto fijó la mirada en la silla que tenía enfrente, ocupada por una mujer, cuyas caderas sobresalían a lado y lado del puesto, luego se dio cuenta que era la delegada de Botswana y descubrió que no tenía idea sobre ese país, ni siquiera como se llamaba la capital. Pensando esto, le sorprendió cuando el presidente manifestó ante la imposibilidad de llegar a un consenso, confiaba que, durante el coctel de la noche, otra generosa invitación del país anfitrión se pudiera llegar a algún acuerdo.

Durante el coctel de bienvenida, el representante colombiano se ubicó en el grupo en donde estaban algunos delegados latinoamericanos quienes hablaban animadamente de la discusión que se dio en la mañana y la posición inflexible que adoptó el jefe de delegación europeo sobre aquel compuesto veterinario, quien no aceptó ningún argumento científico en contra de su posición. En medio de su ignorancia sobre estas materias, el colombiano no pudo aportar ninguna idea, pero escuchó atentamente y en particular le llamó la atención la teoría del representante ecuatoriano, quien en tono de susurro le dijo a sus colegas, que tanta oposición, podía tener una doble y escondida intención.

Si bien era cierto que los europeos en general se oponían a este tipo de medicamentos, considerados anabolizantes para animales, al final les convenía que el compuesto fuera examinado, para poder controlarlo a futuro. Pero esa oposición a ultranza buscaba que el tema no avanzara, lo que realmente le convenía más a los productores del medicamento, unas empresas asiáticas, de hecho. – ¿Insinúas que el europeo está trabajando para dos bandos? –preguntó la delegada paraguaya. – Lógicamente no puedo asegurarlo, pero tanta intransigencia me parece sospechosa –concluyó el ecuatoriano, dejando un elocuente silencio en aquel grupo.

El diplomático colombiano, empezó a comprender que en ocasiones las realidades no son tan simples ni tan inocentes como pueden aparentar, incluso en el mundo de los residuos veterinarios. A distancia se veía al delegado europeo, departir animadamente con varias personas de rasgos orientales.

Afortunadamente la conversación cambió de temática hacia el próximo mundial de futbol, materia en la cual el delegado colombiano se sintió más capacitado para participar. Estuvo particularmente animado en ese grupo de ingenieros, médicos y veterinarios que resultaban muy agradables, alejados de los formalismos y poses que algunos diplomáticos suelen adoptar en ese tipo de agasajos sociales que a él le solían aburrir. De todas formas, se despidió temprano, pues a la mañana siguiente debía primero ir a la embajada para despachar las novedades y proseguir con la reunión internacional. Se durmió mientras pensaba en la delegada de Botswana, o mejor en su *derrière*.

El segundo día de la reunión, prosiguió con el debate, los

latinoamericanos secundaron una propuesta de Nueva Zelanda, de permitir que el proyecto de la Secretaría Técnica avanzara, dejando la respectiva reserva u objeción del delegado europeo, pero ni siquiera esa opción honorable fue aceptada por aquel que seguía empeñado en describir los peligros de estos medicamentos para los consumidores del mundo.

Al final, el presidente del Comité visiblemente preocupado porque la cuestión había terminado en un punto muerto, sin posibilidades de avanzar, propuso que el tema se pospusiera para la próxima reunión del Comité, en dos años, esperando que durante ese tiempo en las sesiones informarles y los grupos de trabajo electrónicos, se pudiera encontrar alguna solución al impase presentado en esta asamblea. De esa manera la propuesta no avanzó y algunos delegados manifestaron su frustración, pero aceptaron la iniciativa en aras de proseguir con la agenda, visiblemente atrasada. El representante europeo, esbozó un gesto de satisfacción y no se le volvió a escuchar intervenir en lo que restó de la conferencia internacional.

En la tarde del penúltimo día, se sentía la pesadez en el salón de la plenaria, hasta que el representante del Reino Unido provocó la risa general, al comentar un párrafo del proyecto de reporte final, argumentando que, como representante del país de Shakespeare y Dickens, no podía tolerar que se maltratara el idioma y que definitivamente una expresión que aparecía en ese párrafo podía tener una interpretación diferente al sentido original que se había concertado. Fue cuando el joven jefe de la delegación colombiana tuvo su oportunidad de oro y pidió la palabra.

Aunque ninguno de los delegados en la sala podía saberlo, era el momento en el cual el diplomático asumía ese rol, así que cuando el presidente le concedió el turno, sin que le temblara la voz, dijo: "Gracias Sr. Presidente, al hacer uso de la palabra por primera vez en esta conferencia, la delegación de Colombia desea felicitarlo a usted por la acertada conducción de esta reunión, así como agradecer al país anfitrión por todas sus atenciones y facilidades. Como representante del país de Gabriel García Márquez, también me interesa la protección del idioma español, así que respetuosamente sugiero que la expresión a la que hace referencia el delegado del Reino Unido, tenga su debida traducción en la versión final del reporte". Pudo notar que su intervención generó algunas sonrisas agradecidas por seguir la tónica del británico, en su intención de quitarle sopor y peso a la tarde. Incluso notó que la delegada de Botswana discretamente había girado observándolo con cierta intriga.

En la noche, el joven diplomático colombiano buscó en Wikipedia toda la información que pudo sobre Botswana y esta vez se durmió repitiendo el nombre de la capital Gaborone, estaba decidido a hablarle a la representante de aquel país que aparte de una rotunda y generosa figura, tenía un rostro delicado.

Con el reporte definitivo acordado, el último día sería de trámite protocolario. La aceptación por parte de la asamblea de la redacción, con los discursos de agradecimiento y cierre, era viernes y evidentemente todos deseaban terminar rápido para dedicarse al turismo y esparcimiento. El delegado colombiano sentía que había realizado un juicioso papel y ahora en lo único que pensaba era en presentarse a la representante de Botswana y si ella lo aceptaba, ofrecerse como guía turístico dado su conocimiento sobre la ciudad.

Sin embargo, para su infortunio ella no llegó, el puesto lo ocupó un simpático y fornido delegado a quien no había visto en las jornadas anteriores. Así que, con evidente frustración, luego de terminar la última sesión y despedirse de algunos latinoamericanos, regresó a su oficina.

Era un nuevo viernes, durante el cual el joven diplomático era el último en la misión, después de un par de horas, redactó y pulió un informe juicioso y detallado sobre su participación en aquella reunión, de la cual le quedarían sonando para siempre términos como la *violeta de genciana* y el *clorhidrato de zilpaterol*, así como algunos conocimientos generales sobre Botswana. Luego de revisar por última vez su informe de comisión, lo envió por el correo electrónico y procedió a apagar el computador y salir de la embajada. De pronto, el teléfono empezó a repicar, sin dudarlo, en esta oportunidad no contestó. Una biografía le esperaba en casa.

CARTAS CREDENCIALES DEL FUTURO INTUIDO

TREMORES

El viejo diplomático, recién llegado a su nuevo destino, maldecía con frecuencia, por el hecho de haber sido designado en aquella ciudad tropical de naturaleza sísmica. Se trataba de un bogotano sesentón, un hombre que era o aparentaba ser el último representante de una especie extinta, el clásico cachaco, símbolo de la elegancia e hipocresía de una época ya superada. Odiaba el calor, la humedad, pero sobre todo los movimientos telúricos, que le recordaban estar viviendo sobre una falla tectónica.

Resultaba difícil acostumbrarse a los temblores que ocurrían con inusitada frecuencia. Es algo alucinante –repetía siempre. *Alucinante* era su palabra favorita, incluso la pronunciaba con el dejo original francés, rememorando los días cuando prestó servicios en Puerto Príncipe y leía en español a Carpentier, repasando las tribulaciones de Víctor Hughes. El Señor embajador, empezó a preocuparse cuando notó que algunos de los temblores, no eran registrados por la prensa. Era él mismo, descubrió una noche, luego de llamar al consejero de la embajada, al sentir una fuerte sacudida y el buen hombre, con adormilado acento le confirmó que nada había percibido.

Aquel estremecimiento que comenzaba en las piernas e iba recorriendo su cuerpo, debía ser el síntoma de una grave enfermedad. El tremor se convirtió en temor absoluto. Sin embargo, los exámenes realizados en el Hospital Metropolitano resultaron negativos, no había trazas de mal alguno que trastornara su sistema motor, Parkinson y Huntington estaban descartados. Fue un alivio, pero seguía siendo una incógnita, algo alucinante.

¿Acaso sería un efecto de su estadía como cónsul en la capital haitiana, hace varios años? Recordaba haber tenido un par de incidentes con negras del servicio doméstico. ¿Sería víctima del vudú? Olvidando la dignidad y prudencia, condiciones propias de su rango diplomático, empezó a indagar con expertos en la materia, brujos autodenominados magos blancos, quienes le aconsejaron diversos métodos para limpiar su espíritu. No se descartó un exorcismo.

Mientras las espontáneas sacudidas del cuerpo atribulaban el alma del embajador, al otro lado de la *quinta dimensión*, un muchacho del futuro activaba su registrador de vidas. El último paquete adquirido resultaba interesante, las memorias y conciencias de algunos personajes de comienzos del siglo XXI, un presidente estadounidense, una tenista rusa, un cineasta neozelandés, como bono extra, un diplomático colombiano. Acomodado en la burbuja ergonómica, el joven de naturaleza pasiva, con su gran cabeza y pequeñas extremidades, se entretenía haciendo zapping mental, rotando el registrador a lo largo de las vidas seleccionadas.

El Señor embajador, sentía un nuevo tremor, alucinante en verdad.

EL CALOR DE LAS CENIZAS

Cuando se trabaja en un consulado, el diplomático de turno está expuesto a más de una sorpresa, consultas inesperadas o situaciones de vida o muerte. Como aquel día, cuando el monje trapense insistió en hablar con el cónsul de Colombia por tratarse de un asunto de extrema urgencia. Aunque Rodrigo Montoya se preparaba para almorzar en su oficina (su apartamento estaba algo distante y el medio día se tornaba caótico para manejar en San Francisco), autorizó el ingreso de aquel hombre sudoroso bajo su hábito de lino. El monje estadounidense, hablaba un fluido castellano con acento mexicano, pues había vivido en una comunidad sacerdotal de Cuernavaca durante cuatro años, allí no tenían la obligación de silencio como en el monasterio de la Trapa, donde todos los monjes se dedicaban a trabajos agrícolas, labores manuales y a orar en absoluto mutismo. El cónsul Montoya se fijó en el cofre que su visitante traía en las manos, quien pasó a explicar su contenido.

- Son las cenizas de un compatriota suyo, un hermano colombiano que estuvo en nuestra casa haciendo un retiro espiritual, quien lamentablemente falleció de un fulminante ataque cardiaco. Al parecer no cuenta con familia en su país, pero entre sus efectos personales encontramos una nota diciendo que su última voluntad en caso de morir era ser cremado y que sus cenizas fueran enviadas a Colombia y depositadas en una iglesia en Bogotá. Su historia fue dramática, siendo un hombre de negocios importante se trasladó a Estados Unidos para probar fortuna, pero sus proyectos fracasaron y acabó en la ruina. Quizás había concebido la temporada en nuestro hogar, como un momento para retomar fuerzas, pero su corazón le falló. El

Monasterio desea agilizar el envío, alguien soñó con el fallecido, imaginándolo como un peligroso asesino que estuvo en Alcatraz condenado, lo que ha creado cierta ansiedad colectiva, a pesar del silencio impuesto, como en cualquier grupo la fuerza de un rumor es incontenible. La comunidad ya adelantó todos los trámites necesarios ante el Departamento de Sanidad, pero no sabemos cómo enviar las cenizas.

El cónsul veía los documentos, el certificado de defunción, la orden de la funeraria, el visto bueno de las autoridades sanitarias, pero ignoraba cómo trasladar esas cenizas, quizás podría emplear la valija diplomática, pero necesitaba confirmarlo, posiblemente no fuera algo complicado. De esa manera, el cónsul aceptó el compromiso de quedarse con el cofre de cenizas y hacer todo lo necesario para remitirlo a Colombia. El monje sonrió, estrechó su mano y se despidió en tono afectuoso. Ese día, Rodrigo no almorzó, canceló la tradicional orden a domicilio en su restaurante favorito, sólo contempló el cofre. Nunca había visto cenizas humanas, al abrir la pequeña caja, se sorprendió, él creía que serían negras, pero no, era un polvillo entre blancuzco y grisáceo. Cerró el cofre, lo guardó en la caja fuerte, donde albergaba las libretas de pasaportes, las etiquetas de visas y otros documentos importantes. Luego escribió el oficio de consulta a la Cancillería.

La respuesta llegó después de varios días, si bien no podía utilizar la valija porque sólo estaba destinada para asuntos oficiales, debía implementar las medidas necesarias para facilitar el traslado de las cenizas a su destino. Era la típica contestación de no puede hacerlo, pero hágalo y ojalá rápido. Pensó en recomendarle a alguien que viajara por aquellos días a Colombia, pero la instrucción era precisa, las cenizas debían reposar en la Iglesia de San Francisco, coincidencialmente, la misma donde Rodrigo había sido bautizado. Era una responsabilidad grande, para dejarlo en manos de cualquier persona, el cónsul Montoya se sentía involucrado con el cofre, así su presencia le causara cierto temblor en la base de la nuca, en los pelitos donde termina el cabello. Por ello, tomó el calendario, fijó una fecha y escribió una nueva comunicación pidiendo que se le autorizara un periodo de vacaciones, uno de los tres que había acumulado durante su trabajo consular.

Era verano en San Francisco, lo que significa un calor desproporcionado. Montoya sufría de una alergia a los cambios bruscos de temperatura, por lo cual, nunca dormía con el aire acondicionado. Había rentado un pequeño apartamento amoblado, consistente en una habitación con baño, una sala y el espacio en donde se ubicaba la cocina y la mesa que sustituía el comedor, apenas 60 metros cuadrados, pero suficiente para un soltero como él. El verano pareció llegar de golpe aquella noche, Rodrigo se despojó de su traje, vistió la camiseta deportiva que hacía las veces de pijama, el cofre lo había dejado reposando en la mesita de centro en la salita, cuyo gran atractivo era la maravillosa vista de la ciudad. La maleta de viaje estaba preparada, así como el maletín de mano, en el cual llevaría sus documentos personales, con los permisos legalizados de las cenizas. Revisó la nevera, tomó la garrafa de jugo de naranja, sirvió un vaso y dejó suficiente para lo que sería su desayuno del día siguiente. Pensó en guardar el cofre en la alacena, pero la idea de mezclar restos humanos con víveres y alimentos, le hizo rechazar la iniciativa, así que simplemente lo dejó encima de la mesita. Todo estaba terriblemente desordenado, lo primero que haría a su regreso sería llamar a Marina, la señora que dos veces a la semana le ayudaba con el aseo.

El cónsul Montoya nunca cerraba su dormitorio con seguro, sobre todo por el peligro sísmico de aquella ciudad, la misma ciudad de la cual estuvo enamorada su madre, quien no llegó a conocerla, pero aquella noche, de forma instintiva cerró y pasó la cadenilla de seguridad. Sin duda, la presencia de aquel cofre en su casa le inquietaba, unido al calor sofocante, efecto de tener precisamente la puerta cerrada, le impidió conciliar el sueño. Decidió activar el aire acondicionado, aunque el murmullo eléctrico de la máquina, no contribuía demasiado al descanso, pero al menos no sentía el calor asfixiante. Fue cuando empezó a escuchar ruidos, al comienzo pequeños chirridos, pensó que se trataría del motor del aire acondicionado. Sin embargo, supo que provenían del exterior del cuarto, desde la sala.

Rodrigo se sentó lentamente en la cama, los ruidos se intensificaron, evidentemente alguien había entrado a su apartamento, aunque si por algo se caracterizaba aquel edificio era por su seguridad. Intentó llamar al 911, pero la línea no daba tono, sólo se escuchaba una reproducción de aquellos sonidos agudos, como de alguien rasguñando un tablero. El hombre intentó calmarse, de todas formas, los ladrones, si lo eran, no encontrarían nada de valor en la sala y cocina, apenas los electrodomésticos; el dinero y los documentos de valor estaban con su maleta al lado de la cama. Con sigilo, se levantó y buscó el pequeño espejo que le servía para cortarse los pelitos de la nariz y deslizándolo por debajo del marco de la puerta, trató de ver, pero era inútil, todo estaba apagado, no se veían sombras moviéndose, sin embargo, los ruidos continuaban. Rodrigo no sabía que hacer, él no tenía ningún tipo de arma y nunca se había distinguido por su valentía. Lo único que pensó fue en reforzar su puerta, en medio de la penumbra se deslizó lentamente y arrastró la maleta, recostándola contra la madera, pero el nerviosismo o la oscuridad provocaron que calculara mal y la maleta resbaló retumbando en el suelo. Por un momento, los ruidos al otro lado de la puerta terminaron, quizás esto provocaría que los intrusos salieran. Eso pensaba cuando vio el halo de luz debajo del marco de la puerta, los sonidos que se transformaron en golpes en la madera, un humo grisáceo que comenzaba a filtrarse y aquel temblor que se apoderó de su cuerpo, empezando por la pierna izquierda hasta dejarlo estremeciéndose en un movimiento trepidante. Luego, nada.

Rodrigo amaneció acostado en su cama, observó su alrededor comprobando que todo estaba en completo orden, con algo de prevención abrió la puerta, pero no vio nada extraño, las cosas estaban en su puesto, la sala y la cocina lucían organizadas y aseadas, abrió la nevera para tomarse el jugo de naranja, que bebió apresuradamente, revisó la puerta de entrada y seguía completamente cerrado. Rodrigo se convenció que había tenido un mal sueño, el peor en mucho tiempo. Luego de la ducha, y del frugal desayuno compuesto de leche y cereal, llamó un taxi por teléfono, el cual lo recogió a los quince minutos. En el aeropuerto, después de hacer migración y explicar el contenido del cofre con los documentos en regla, abordó el vuelo que lo llevaría ocho horas más tarde a Bogotá. Desde el aire repasó una vez más a San Francisco, la ciudad que siendo niño se le había metido en la cabeza, porque su madre soñaba con conocerla algún día, ella murió, nunca la había visitado y en una de esas paradojas de la existencia, su hijo, quien ingresó luego de penas y trabajos a la carrera diplomática, había sido designado para trabajar allí.

El cónsul Montoya nunca dormía en los aviones, pero aquella vez fue diferente, quizás por la intranquilidad de la noche anterior, prácticamente todo el vuelo dormitó, al despertar, cuando la jefe de azafatas señalaba que los pasajeros debían prepararse para el aterrizaje, sólo recordaba la imagen sonriente de su madre. El cofre que creía haber dejado debajo de su asiento, iba sobre su regazo. Al ingresar a la sala internacional del aeropuerto El Dorado, percibió que las personas se agolpaban en las diferentes pantallas de televisión acondicionadas para su recreación, de manera instintiva se dirigió a una y se estremeció con las imágenes. No había necesidad de tener sonido, la pequeña pantalla dejaba ver el caos reinante en San Francisco, un letrero se repetía en los canales de noticias, "El Grande", para hacer referencia al terremoto tantas veces anunciado, pero jamás previsto.

Intensidad siete punto nueve en la escala Richter, de menos de un kilómetro de profundidad, el conteo de muertos que apenas se iniciaba calculaba un millón de víctimas. Conmocionado, pero a la vez aliviado por no haber estado allí, Rodrigo se aprestó a ingresar oficialmente a Colombia, llevaba el cofre bajo el brazo de manera familiar, pasó los documentos al oficial de aduana, quien luego de constatar los nombres le dio su sentido pésame. Montoya pensó que el agente se había confundido, pero al revisar los papeles verificó que el nombre de su madre aparecía claramente en el espacio destinado a la identificación de la persona muerta. El cónsul buscó en su billetera, encontró la fotografía en la que abrazaba a su madre con el puente Golden Gate de fondo.

Sin albergar dudas, con la convicción de lo inexplicable, Rodrigo atravesó la puerta del aeropuerto, acariciando con amor el cofre, que le resultaba tan cercano, tan tibio por el calor de las cenizas más queridas.

CANJE DIPLOMÁTICO

La mesa rectangular está lista, sus puestos marcados con los nombres de los enviados plenipotenciarios y sus respectivas banderas. Se aproxima mi homólogo anglosajón con su traductor y asesores. Le saludo en inglés, serán las únicas palabras que dirija en ese idioma. La misión más importante de mi vida está vinculada al amor a mi lengua nativa, no puedo caer en dudas ni concesiones. Estoy aquí no sólo por ser diplomático de carrera, sino por mi fama de aficionado a las letras.

Sin mayores preámbulos voy directo a la materia, ante el asombro evidente de mi colega, reflejado en un parpadeo repetitivo, cual mensaje telegráfico. "Como sabe su Excelencia, el grupo de países hispanoamericanos enarbola la bandera de la defensa de los derechos culturales de la región. En consecuencia, solicitamos la admisión oficial de la letra Ñ en su territorio, tanto en el mundo real como cibernético. Lo interpretaríamos como una situación de justa reciprocidad, luego de hospedar en nuestro mundo castellano a la letra *W*. De no tomarse en cuenta esta comedida solicitud, nos veríamos en la penosa obligación de coordinar la expulsión de la referida letra de nuestros territorios. Dejo a su Excelencia, la declaración suscrita por nuestros gobernantes en la ciudad de Bogotá".

Luego de la despedida protocolaria, siento que los años en la Academia Diplomática, no pasaron en vano.

AUTORRETRATO EN BREVES TRAZOS

Se cumplían las tres horas y cuarenta cinco minutos, del viaje entre Bogotá y Miami, en el cual no pude dormir, pues el vuelo se encontraba repleto de pasajeros, cada uno con historias y sonidos diferentes, que mezclados me dificultaban descansar, sobre todo el llanto interminable de un niño quien terminó por desesperar a sus padres y a los demás viajeros que buscaban en las pequeñas pantallas y los audífonos algún motivo de distracción. La auxiliar de vuelo, por fin avisó que se iniciaban las prácticas de aterrizaje, por lo cual pedía que los cinturones estuvieran asegurados, la silla...las mesitas de comer...y todo lo que suele recomendarse en estos casos.

Durante el viaje me dediqué a repasar en mi libro de inglés, modismos y expresiones de saludo. Confiaba en mi presentación personal, vestía un traje que no era convencional pero tampoco tan informal, intentaba transmitir un delicado y sobrio equilibrio, en aquel código diferente al idioma. Mi color de piel me intimidaba un poco, aunque imaginaba que en esta ciudad, capital de América Latina en el hemisferio norte, estarían acostumbrados a la diversidad étnica.

En la fila previa a los cubículos de migración, no pude evitar el mismo nerviosismo. Imaginaba la escena: el oficial de la ventanilla de atención, al notar que yo era colombiano, comenzaría a hacerme un interrogatorio, pediría a los policías que se esmeraran con mi equipaje y me mantendría apartado del resto de visitantes. Era posible que fuera un traficante, un solicitante de asilo político, tal vez un terrorista. Lamentablemente el imaginario colectivo sobre el significado de colombiano, se limitaba a acepciones negativas y crueles, en parte por la ignorancia, la simplificación de lo complejo, la demagogia política y las caricaturescas películas de Hollywood.

De Juan Valdéz, el simpático cafetero, el colombiano pasó a personificar algo maligno e inquietante. Así que era comprensible, padecer este *"Síndrome del Sospechoso Sin Remedio"*, traducido en evidente temor, sudor, temblor de voz y demás signos que confirmarían en el oficial de turno su desconfianza, en un tragicómico círculo vicioso.

Se trataba de un hombre robusto, de tez trigueña y un fino bigote negro recortado, con pelo engominado y peinado hacia atrás, como uno de esos actores de las películas musicales de los años cuarenta. Saludó en inglés y le contesté igualmente, preguntó si mi viaje era por negocios o placer, y le respondí que por turismo agregando que me quedaría tres semanas, pues tenía que volver a mi trabajo, esta era una de las respuestas largamente practicadas.

Habla español, ¿verdad? –preguntó con un inconfundible acento cubano.

Sí, por supuesto –respondí sin vacilaciones.

Entonces, por favor, llene este apartado, sobre las características étnicas –me dijo.

Tengo una duda, ¿debo llenarlo como caucásico o como latino? –pregunté inocente.

El hombre me miró largamente, expresando el mismo

interrogante. Repasaba mis facciones, considerando mi cabello rubio, ojos verdes y piel blanca.

Yo diría que usted es caucásico –atinó a decir.

Pero, soy colombiano, es decir que según este formato soy latino –deduje de la lectura.

No sabía que había colombianos rubios, yo sólo he visto los de tipo latino, morenos o afros. Colombia se caracteriza por una gran diversidad de población –repliqué en tono suave, para no sonar como petulante académico, sino de amable pedagogía. Ante todo, no quiero cometer una inexactitud en el formulario, pues no veo una categoría intermedia - agregué.

El funcionario observó nuevamente el formato y con un gesto de su rostro coincidió, decidió consultar a un superior, quien después de observarme le dio una instrucción.

OK., llénelo como latino y haga una pequeña nota al margen diciendo que es caucásico, vamos a tener en cuenta su caso para futuras solicitudes –me comenta a su regreso.

Sigo la instrucción y luego le paso nuevamente los documentos, el hombre teclea en su computador, pone sellos, me devuelve el documento y me desea buena estancia.

Lo que el funcionario de migración ignoraba, es mi propósito de quedarme en este país, más allá de los seis meses que al final me autorizó. Ese hombre no podía imaginar mi vida de sacrificios y privaciones, los años de ahorro para este viaje, estudiando inglés en las noches, mientras trabajaba en la fábrica de día, tampoco podía imaginar las filas en la Embajada de Estados Unidos, para que me pudieran dar una visa de turismo, lo que había logrado sin tanto problema, pues el cónsul ni siquiera miró los documentos que llevaba para avalar mi solicitud.

El buen hombre no podía saber la ilusión y esperanza que ese sello de ingreso en mi pasaporte vinotinto representaba, la posibilidad de inventar una nueva vida.

El benévolo funcionario, en su intento por describirme había fallado, no pudo pasar de mi rostro.

BABEL

No sólo fue vergonzoso, fue algo realmente aterrador. Estar en medio de la sesión del Comité y no entender a nadie, sentir todas las miradas asombradas y no poder dar una explicación. Tuve que solicitar excusas en español y salir del módulo especial, desconecté mi vínculo y mi figura holográfica desapareció de la junta de sesiones...

No es fácil ser diplomático en esta convulsa época y menos estar acreditado ante las Nuevas Naciones Unidas, una responsabilidad muy grande, máxime cuando hay millones de ciudadanos del mundo que a través de la red siguen las sesiones ordinarias del edificio virtual. Algunos extrañan todavía la antigua sede física en el edificio de la calle 42 en Nueva York, nunca lo conocí antes de su demolición, en lo que hoy es sede de una fábrica de repuestos para robots.

Nadie imaginó que la última crisis económica de la ONU, cuando los países industrializados dejaron de pagar su cuota de funcionamiento sería el acicate para la revolución en la historia diplomática del mundo, al eliminar la presencia física de embajadores y delegados a reuniones y conferencias internacionales, aprovechando los desarrollos tecnológicos que permitían realizar estos encuentros de manera virtual y no presencial.

Los gobiernos del mundo, ante la crisis de recesión global, sustantivos quiebres en Estados Unidos, Europa y Asia de grandes multinacionales, en lo que fue bautizado la Tercera Gran Depresión, buscaron alternativas para combatir el déficit fiscal, las políticas necesariamente tenían que ver con austeridad en el gasto público, fue así como uno de los enfoques consistió en cerrar embajadas y misiones diplomáticas, se respetó la parte consular, por aquellos trámites que todavía debían realizar personalmente los usuarios, pero igualmente los cónsules, fueron desapareciendo para dar paso a empresas privadas de orden multinacional que brindaban los servicios de expedición de documentos y otros trámites notariales.

Paralelamente los científicos dieron a conocer los traductores universales, artefactos que le permitían a los interlocutores comunicarse en diversas lenguas sin necesidad de conocerlas, al comienzo se trataba de unos dispositivos algo incómodos conectados a micrófonos y audífonos, luego se transformaron en minúsculos chips incrustados en un punto estratégico de la nuca de la persona.

- De todas formas, no se preocupe, estos incidentes son más frecuentes de lo que se piensa, en ocasiones hay recargas o descargas del programa. Vamos a revisar el dispositivo multilenguaje, para saber si es necesario reemplazarlo o sólo hacer un ajuste –me dijo amablemente, el ingeniero de sistemas lingüísticos.

Como suele suceder con todos los adelantos tecnológicos, lo que suele ser en principio exclusivo de unos cuantos, una élite marginal, luego tiende a popularizarse, a ampliarse a todas las capas de la sociedad, así ocurrió con los traductores universales. He tenido tiempo de jubilarme, observar que el trabajo de los diplomáticos no es necesario y constatar que gracias a aquellos pequeños artefactos arribamos a la etapa del entendimiento universal, la verdadera globalización mundial. De hecho, ha evolucionado tanto el traductor universal, que se ha desarrollado como un componente de la tecnología nano-biológica, se introduce incluso desde el útero materno en un sencillo procedimiento, una inyección que instala el compuesto que se adapta en la masa cerebral. Es decir, los niños ya nacen multi-lingüistas.

Mientras envejezco, escucho las noticias preocupantes que llegan. El anuncio de la posibilidad de un virus fatal que afectaría el sistema multi-idiomático, lo que tendría unos efectos impensables en el sistema de comunicación entre los seres humanos. Algunos especulan que se trata del verdadero Apocalipsis anunciado en tantas profecías, en aquellas religiones ya superadas, las consecuencias de una hecatombe lingüística, nadie puede preverla, si es así, ¿cuándo llegaría? Es imposible saber...

tmclgwidpsjsbkfjroituthvbesjsjptñ??? hhhhh!!!!

LA ESTACIÓN DE TREN DE FLORENCIA A MEDIA NOCHE. CRÓNICA INSOMNE.

Florencia es uno de mis lugares favoritos, sentimiento que quizás comparten millones de personas. Ciudad encerrada en una galería de cuadros, una exposición permanente de esculturas, en medio de una Divina Comedia. Los nombres eternos allí moran, el "David", "El nacimiento de Venus", Miguel Ángel, Leonardo, Botticelli, Boccaccio, Dante.

Las joyerías que pueblan el Ponte Vecchio sobre el río Arno, también identifican a esta bella ciudad. Quienes amamos Florencia, suspiramos por la estética, lo sublime, el ambiente casi divino que allí se respira. Sin embargo, al caer la media noche, en un particular lugar florentino parece surgir otro rostro, otra naturaleza, oscura, humana, triste y divertida al mismo tiempo. La bella estación de trenes de *Santa María Novella*, que durante el día es una caja de resonancia de múltiples sonidos, en el silencio de la noche parece sacar de las entrañas de la urbe una serie de personajes, dignos de una tragicomedia. Así me pareció durante las horas en que permanecimos allí con Patricia, mi esposa, por una serie de factores afortunados.

Esperábamos un tren para desplazarnos a Venecia, lo cual nos ahorraría una noche innecesaria de hotel, así como permitirnos disfrutar de las primeras horas en la ciudad romántica por excelencia. A las doce de la noche, la sala de espera cerró, los encargados pidieron a los viajeros aguardar el transporte en otro lugar, faltaban un par de horas para tomar el tren indicado, así que lo único que se nos ocurrió fue entrar a la hamburguesería, la cual también fue desalojada minutos más tarde. En aquel inmenso corredor bajo techo, no había silla alguna, la única alternativa que surgió diferente a sentarse en el piso o encima de la maleta, fue un carrito de transportar las valijas que ubicado al lado de un aviso publicitario nos sirvió de asiento, protegiéndonos del viento de una primavera que se resistía a entrar plenamente.

Aquella silla improvisada, sirvió de balcón de espectador para ver el desfile de personajes y desarrollo de escenas teatrales. Lo primero que nos llamó la atención fue una pelea entre dos hombres, uno que parecía italiano y otro a todas luces inmigrante, con rasgos de indio o pakistaní, ese rostro y color tan particular, que el conflicto permanente entre esas dos naciones, sólo puede explicarse por motivos religiosos. El aparente italiano le pegaba al supuesto inmigrante, insultándolo, el otro, un muchacho, apenas resistía, luego de algunos minutos los policías se llevaron a los dos hombres a la pequeña oficina que funciona (esa sí afortunadamente las 24 horas) en la estación de trenes.

Pasada la ligera conmoción, empezamos a notar que algunos de los viajeros que compartieron hasta el último momento la sala de espera, ya no parecían serlo, se trataba de personas en su mayoría ancianos, que deambulaban con los carritos de equipaje y efectivamente llevaban maletas, pero sólo buscaban pasar allí la noche, en un sitio más abrigado que la calle. Uno de los ancianos, luego realizó un interesante itinerario, pasó por cada uno de los teléfonos públicos, máquinas tragamonedas, aparatos automáticos de tiquetes, para rescatar algún dinero extra, algún cambio no reclamado. Ese mismo ejercicio lo repetiría minutos después un hombre que parecía encarnar al jorobado de *Notre Dame*, sin mucho éxito en su empresa, así como un muchacho que acudía a técnicas más sofisticadas, como meter un alambre y hurgar en las ranuras hasta lograr que algunas monedas cayeran. Al jorobado lo volveríamos a ver en otra estación, realizando la misma operación, con idénticos y frustrantes resultados.

En ese momento, pensé que de la pequeña oficina de policías saldrían varios oficiales a detener a los aspirantes a delincuentes, pero no fue así, no había la impresión de contar con mucha seguridad, a pesar de que el terrible atentado en Madrid había sucedido apenas unas semanas atrás e Italia aparecía como uno de los países amenazados por su posición a favor de la guerra en Irak, lo cual ameritaría mayor protección en un sitio tan vulnerable. Por ejemplo, yo podría ser un perfecto sospechoso, un hombre trigueño con facciones latinas o árabes y tomando fotografías a un escenario solitario, los trenes vacíos y las instalaciones abandonadas. Pero no compartí mis temores con mi esposa, quien estoicamente soportaba la incomodidad de la situación. En caso de emergencia, siempre se podía acudir al pasaporte diplomático, que no nos gusta mostrar demasiado, pues nuestra naturaleza no es exhibicionista, solo en caso absolutamente necesario. Mientras tanto seguíamos como espectadores al margen.

Después prosiguió una galería demente, locos de todas las estirpes, unos vociferantes, otros con sonrisa permanente, mujeres elegantemente vestidas, semejantes a un catálogo de moda, quienes luego desaparecían de la mano de hombres de porte vulgar. Una nueva pelea llamó la atención de los presentes, esta vez una mujer gritaba a su acompañante: ¡Bastardo! y otros apelativos que me recordaron aquellas comedias en donde aparecía una desafiante e imponente

Sofía Loren en blanco y negro. La mujer difícilmente pudo ser calmada por los oficiales de policía, quienes al parecer tuvieron un gran trabajo esa noche, sin poder degustar una pierna de jamón que les habíamos visto ingresar a su reducido cuartel, antes que comenzara esta ópera noctámbula. No hubo mendigos, ni gitanos solicitando ayuda, la pobreza se disimulaba en la demencia y en la dignidad de los ancianos desposeídos, quienes avanzaban con su carrito y una mirada orgullosa.

De la estación de policía salieron la mujer enfurecida, ahora más calmada y su acompañante, pasó un alegre grupo de estudiantes españoles, quienes a viva voz narraban en diferentes tiempos como uno de ellos coqueteó con una chica italiana...un monje franciscano que dejando de lado la habitual dulzura de su carácter, por lo menos la del buen Francisco de Asís, vociferaba contra una funcionaria de ferrocarriles italianos, quien salía retrasada de una de las oficinas, porque nadie le solucionaba el problema con un boleto...un hombre oriental de semblante extraviado, quizás turista japonés alejado de su grupo o chino inmigrante con clara añoranza de su tierra... una muchacha de ademanes nerviosos que parecía hacer equilibrio sobre unos tacones delgados y largos que provocaban un sonido muy peculiar, como el que hacían los mecanógrafos de juzgados que no sabían digitar, cuando escribían a máquina con dos dedos, ahora, lo hacen en computador.

Salió de la comisaría el italiano peleador, parecía insultarse a sí mismo, al tiempo, una pareja se besaba de tal manera que no se podía saber si era despedida o bienvenida, aunque al final se perdieron juntos. En un rincón se vislumbraba cierta enigmática figura sentada y cubierta con una sábana a cuadros, inmóvil, que ante un chiste del grupo de españoles se descubrió como un hombre obeso. Una anciana atravesó el amplio salón, escondiendo la pobreza reflejada en los zapatos bajo la añeja elegancia de un descolorido abrigo de piel. En sentido contrario, venía un hombre de color, vestido con una bata color naranja, que en otra ciudad menos cosmopolita y a una hora más cuerda, habría suscitado una carcajada, aunque su vestuario podía corresponder a un príncipe africano. Mientras tanto, la mirada seguía al coleccionista de palabras, un hombre que, a diferencia de los recolectores de monedas, pareciera sólo buscar impresos, periódicos, revistas, se sienta en el piso, ojea, hojea, lee, relee, guarda o los deja en su lugar, según el caso.

En fin, un desfile que podría corresponder a gente demente, subversiva o tal vez a fantasmas, pues las fotografías revisitadas en Bogotá, años más tarde, revelan un espacio más bien solitario, imágenes que corresponderían a situaciones del siglo pasado, filmes en blanco y negro, cuando la estación era el sitio preferido para las citas, reencuentros y despedidas. Esta ciudad, famosa por la *Academia de los Uffizi* o el *Palazzo Pitti*, tiene otra galería igualmente impactante, la de este sitio nocturno, en el cual insomnes, locos y hombres libres llegan a la estación de trenes, pero no se van en ninguno, se quedan viviendo eternamente. Florencia, Firenze, Florentia, un lugar muy cercano al cielo, con su doméstico purgatorio, Dante camina por aquí.

El muchacho con rasgos de migrante irregular, continúa en la estación de policía. Mañana, es probable que esté de regreso en su país. Nosotros seguimos esperando nuestro tren.

Post Scriptum: Lo que no sospechábamos en 2004 con mi esposa Patricia, era que en esa estación de Florencia veíamos una escena del futuro.

Índice

DIXON ACOSTA MEDELLIN (DIXON MOYA)

Bogotano, nacido un 26 de noviembre de 1967. Aunque mis apellidos de bautismo son Moya Acosta, los de crianza son Acosta Medellín, mi identidad literaria. Felizmente casado con Carmen Patricia. Egresado de la Universidad Nacional de Colombia y la Academia Diplomática de San Carlos. Diplomático de Carrera, he prestado servicios en destinos como Venezuela, Nicaragua y los Emiratos Árabes Unidos. Actualmente cónsul General de Colombia en Chicago. Escritor de artículos, ensayos, poesías, crónicas y cuentos publicados en libros, periódicos y revistas.

Autor de los libros "*Colombia en el cine universal. La caza de citas*" (sobre cine), "*Partes de Guerra*" (poesía), "*Relatos Extemporáneos. Cuentos de Ciencia-Ficción*", coautor con Patricia Mogollón de la primera biografía en español del fundador de los Emiratos Árabes Unidos, el jeque Zayed bin Sultán Al Nahyan, titulada "*Zayed, biografía de los Emiratos Árabes Unidos*". Hice parte del comité editorial de "*Cosmocápsula*", primera y desaparecida revista colombiana de ciencia-ficción. Columnista del periódico *El Correo del Golfo*, único medio en español de Oriente Medio: http://www.elcorreo.ae/opinion/cartas-sin-marcar

Bloguero del periódico *El Espectador* en "*Líneas de Arena*", donde escribo de todo un poco: (http://blogs.elespectador.com/lineas-de-arena/).

A ratos trino en *Twitter* como @dixonmedellin

Título: Relatos diplomáticos
Autor: Dixon Acosta Medellín
Diseño de portada: Miguel López Lemus
Imagen en la portada: Dixon Acosta Medellín
Fotografía en contraportada: C. Patricia Mogollón P.

Editor: Miguel López Lemus (Pandora Lobo Estepario)

EDITORIAL
Pandora Lobo Estepario Productions™
http://www.loboestepario.com/press
Chicago/Oaxaca
2019

Made in the USA
Middletown, DE
16 November 2020